KiWi

1794

Das Buch

In einem vom Bürgerkrieg geplagten Land soll nun zu Friedenszeiten eine Straße den armen Süden mit dem reichen Norden verbinden. Zwei Straßenbauer werden mitsamt Maschine aus einem nicht benannten Industrieland geschickt, um den Auftrag so schnell wie möglich zu erledigen, damit der Präsident seine Militärparade zur Einweihung der Straße planen kann. Die beiden Männer könnten unterschiedlicher nicht sein, und so wächst mit jedem asphaltierten Meter auch der Konflikt zwischen den beiden, der sie sogar an den Rand des Todes führt. Dave Eggers wirft mit dieser spannenden Parabel die Frage auf, inwiefern die Entwicklungshelfer der Bevölkerung wirklich helfen, wenn sie ihren Auftrag erfüllen. Ein Roman, der nachdenklich stimmt.

Der Autor

Dave Eggers, geboren 1970, ist einer der bedeutendsten zeitgenössischen Autoren. Sein Roman »Der Circle« war weltweit ein Bestseller. Sein Werk wurde mit zahlreichen literarischen Preisen ausgezeichnet. Der Roman »Ein Hologramm für den König« war nominiert für den National Book Award, für »Zeitoun« wurde ihm u. a. der American Book Award verliehen. Dave Eggers stammt aus Chicago und lebt mit seiner Frau und seinen beiden Kindern in Nordkalifornien.

Die Übersetzer

Ulrike Wasel und Klaus Timmermann, beide Jahrgang 1955, haben fast alle Bücher von Dave Eggers übersetzt und wurden für ihre hervorragende Übersetzung von »Zeitoun« gemeinsam mit dem Autor mit dem Albatros-Literaturpreis ausgezeichnet.

DAVE EGGERS

DIE PARADE

ROMAN

Aus dem Englischen von Ulrike Wasel und Klaus Timmermann

Kiepenheuer & Witsch

I

IM PLATINGRAUEN MORGENLICHT hob er den bleischweren Kopf. Er lag auf einer Plastikmatratze in einem umgebauten Schiffscontainer unter einem kleinen Ventilator, der die lauwarme Luft zirkulieren ließ.

Er wusch sich mit abgepackten Erfrischungstüchern und zog seine Arbeitskluft an, einen schwarzen Overall aus Synthetikfasern. Unter einer rasch aufgehenden Sonne ging er über den bekiesten Innenhof des Hotels zum Zimmer seines Kollegen. Sie waren sich noch nie begegnet. Er klopfte an die Wellblechtür. Nichts rührte sich. Er klopfte lauter.

Nach einigem Rumoren von drinnen öffnete ein geschmeidig aussehender Mann die Tür. Er war nur mit weißen Boxershorts bekleidet, hatte dunkle Augen, ein Grübchen im Kinn und einen breiten Mund mit vollen fraulichen Lippen. Eine schwarze Haarsträhne fiel ihm lässig über das linke Auge.

»Überleg dir eine Zahl.«

»Neun«, sagte der Mann an der Tür mit einem durchtriebenen Lächeln.

»Okay. Du weißt, wie die Firma das mit Namen handhabt. Ich kenne deinen nicht, du kennst meinen nicht.

In den nächsten zwei Wochen bist du Neun. Nenn mich Vier.«

»Du bist Vier?«

»Du nennst mich Vier. Ich nenn dich Neun. Hast du das kapiert?«

Aus Sicherheitsgründen bestand die Firma auf einfache Decknamen, die in der Regel bloß Zahlen waren.

»Kapiert«, sagte Neun und strich sich die Haare aus dem Gesicht nach hinten.

Sie waren ohne Pässe angekommen. Pässe komplizierten und erschwerten die Dinge in einem Land, dessen Nation sich von einem jahrelangen Bürgerkrieg erholte, von Korruption gebeutelt war und jetzt eine neue und unrechtmäßige Regierung zu verkraften hatte. Vier und Neun waren unter falschen Namen mit einem Privatjet eingeflogen worden. In der Vergangenheit, in anderen Nationen, waren Mitarbeiter der Firma gekidnappt oder umgebracht worden. Die Entführer stellten ihre Forderungen erst an die Firma ihrer Geiseln, dann an deren Familien, dann an deren Staat. Doch ohne Pässe oder Namen waren Männer wie Vier und Neun anonym und von geringem Wert. Die Herkunft der RS-80, der Maschine, mit der sie arbeiten würden, war praktisch nicht feststellbar. Sie trug weder den Namen des Herstellers noch eine Serien- oder nationale Registriernummer. Niemand außer ihrem Kunden, der Regierung in der Hauptstadt im Norden, wusste irgendetwas über sie, ihre Ursprungsländer oder ihren Arbeitgeber.

»Kommst du frühstücken?«, fragte Vier. »In vierzig

Minuten geht's los. Die Crew checkt die Maschine noch ein letztes Mal.«

»Gleich«, sagte Neun, und sein breiter Mund verzog sich zu einem Lächeln. Neun trat beiseite und deutete mit dem Kopf auf das Bett hinter ihm.

An Neuns nacktem Oberkörper vorbei konnte Vier die zerwühlten Laken eines ungemachten Bettes sehen und mitten darin die muskulösen Beine einer schlafenden Frau. Neun gab sich keine Mühe, sie zu verbergen. Stattdessen lächelte er verschwörerisch. Vier war diesem Mann nie zuvor begegnet und hielt sich keineswegs für einen Propheten, aber in dem Moment wusste er, dass Neun ein Chaot war und die schwierige Arbeit, die vor ihnen lag, noch sehr viel schwieriger machen würde.

Jetzt gähnte Neun. »Ich komm in ein paar Minuten nach.«

Vier schloss die Tür und ging über den Hof, der schon in der jungen Hitze des Tages briet, zur Cafeteria. In dem Raum war es feuchtwarm von Männern, die über ihr Essen gebeugt saßen – Männer in Anzügen, Männer in zerschlissenen Militäruniformen, Männer in traditioneller Kleidung. Alle sprachen mit leisen Stimmen über das Klappern von billigem Blechbesteck auf Plastiktellern hinweg.

Es waren nur einige wenige Ausländer in dem provisorischen Speisesaal dieses neuen Hotels, das aus zwei Dutzend in einem schlampigen Halbkreis aufgestellten Schiffscontainern bestand. Nachdem Vier eine halbe

Stunde in dem Frühstücksraum gewartet hatte, ging er noch einmal zu Neuns Zimmer und klopfte an.

»Ich komme!«, brüllte Neun, und im Zimmer brach Gelächter aus.

Vier kehrte in die Cafeteria zurück und trank abgefülltes Wasser aus einer Flasche. Zehn Minuten später kam Neun herein, der geduscht hatte und seinen schwarzen Firmenoverall trug. Er hatte es sich allerdings erspart, die obere Hälfte des Overalls überzuziehen. Er trug ein weißes T-Shirt mit V-Ausschnitt, und die Ärmel des Overalls hingen schlaff herunter, streiften die Schultern der anderen Männer, als er sich zwischen den Tischen hindurch seinen Weg zu Vier suchte.

»Ich hab heute noch nicht mit dir gerechnet«, sagte Neun. »Die Flugzeuge hier sind nicht besonders pünktlich. Deshalb hatte ich letzte Nacht Besuch. Bist du verheiratet?«

»Nein«, log Vier.

»Isst du nichts?«, fragte Neun.

»Ich hab schon gegessen«, sagte Vier. In seinem Zimmer hatte er eine Packung Haferflocken mit Milchpulver, eine Tüte Mandeln und ein Stück Dörrfleisch vom Wild zu sich genommen – alles Vorräte, die er mitgebracht hatte. Er hatte Lebensmittel für die gesamten zwölf Tage eingepackt, die die Arbeit voraussichtlich dauern würde.

»Du hast in deinem *Zimmer* gegessen?«, sagte Neun gekränkt. »Das kannst du nicht machen. Das Essen hier ist so gut. Na ja, so gut auch wieder nicht, aber es ist *interessant.*« Die Haarsträhne war ihm wieder über das linke

Auge gefallen, und er warf sie mit einer schwungvollen Handbewegung zurück.

»Ich hol mir mal was«, sagte Neun und ging zum Büfett, wo er sich eine halbe Grapefruit, ein großes Glas Mangosaft, drei gekochte Eier und ein paar kleine Tierknochen nahm, die mit lila Fleisch bedeckt waren. Auf dem Rückweg zum Tisch wehten Neuns leblose Ärmel wieder an den anderen Gästen entlang. Vier ließ den Blick durch den Raum gleiten, um zu sehen, ob einer von den Einheimischen, eine Mischung aus ehemaligen Rebellenführern und jetzigen Profitmachern, auf Vier oder Neun aufmerksam geworden waren. Dem war nicht so. Er und sein neuer Kollege waren offensichtlich Fremde in einem Land, wo die meisten Besucher Aufbauhelfer oder Waffeninspektoren waren, und es war besser, wenn sie unauffällig blieben.

Neun stellte seinen Teller ab und ließ seine Haare von der Stirn herabhängen wie eine Weide ihre Zweige. Er verzichtete auf das Blechbesteck und hob die angegammelten Knochen mit den Fingern an den Mund, um das Fleisch abzunagen, das er mit sonnenfarbenem Saft runterspülte. Die Firma hatte davon abgeraten, einheimisches Obst ganz oder in flüssiger Form zu sich zu nehmen, und dringend davor gewarnt, dass Eier oder Fleisch Kolibakterien, Salmonellen oder Spulwürmer enthalten könnten. Doch Neun verschlang alles völlig unbekümmert, während seine fettigen Haare fast im Essen hingen. Vier war schleierhaft, was die Firma in diesem Mann sah. Er war ein Risiko.

»Weißt du, was sie gekostet hat?«, fragte Neun mit vollem Mund. Er wartete Viers Antwort nicht ab. »Weniger als das, was wir fürs Frühstück bezahlen. Und sie war frischer als die hier«, sagte er und stach mit seiner Gabel in die nasse Grapefruit.

»Die Maschine wartet«, sagte Vier. »Der erste Pod ist vorbereitet. Wie lange brauchst du noch?«

Neun sah ihn grinsend an. »Jetzt weiß ich, warum sie dich die Uhr nennen.«

Vier stand auf. »Du hast zehn Minuten«, sagte er.

»Das ist nicht dein Ernst. Ich bin gestern erst angekommen«, sagte Neun. »Wir haben noch Luft im Zeitplan. Die Stadt ist toll. Lass uns einen Tag hier verbringen. Und vor allem noch eine Nacht.« Er hob vielsagend eine Augenbraue. »Ich leih dir mein Mädchen.«

Vier schob seinen Stuhl unter den Tisch. »Wir sehen uns in zehn Minuten vorne. Bring deine Ausrüstung mit.«

II

»STEIG EIN«, SAGTE VIER. Er saß in einem Taxi, das auf dem Rondell vor dem Hotel wartete. Neun, der gerade mit seiner Reisetasche in der Hand und Sandalen an den Füßen aus der Lobby gekommen war, sah aus wie ein Tourist, der zu einem Tagesausflug aufbrach. Er stieg ein, und das Taxi fuhr los.

»Du musst dir andere Schuhe anziehen«, sagte Vier.

Neun öffnete den Mund, legte den Kopf schief wie ein Tier und lächelte dann, als könne er sich nicht für eine der vielen witzigen Bemerkungen entscheiden, die ihm auf der Zunge lagen. Er sagte nichts. Wieder warf er sich die Haare aus der Stirn.

Vier kannte diese Sorte Mann, ein Mann, der alles amüsant fand, vor allem sich selbst. Er hatte sich die Haare absichtlich so wachsen lassen, dass sie seine Sicht beeinträchtigten und zigmal am Tag beiseitegestrichen werden mussten. Es war Blödsinn. Für einen so veranlagten Mann war dieser Job ein Abenteuer, ein Spaß.

Aber Vier wollte nicht länger als nötig hier sein. Die Schwüle, sogar auf der Fahrt vom Flughafen in die Stadt, war eine Tortur. Er wusste, dass er in so einer Hitze abwechselnd katatonisch oder aufbrausend werden würde.

Doch die Fahrerkabine der RS-80 hatte eine Klimaanlage, und der Auftrag war einfach. Sie sollten zweihundertdreißig Kilometer einer zweispurigen Straße, die den ländlichen Süden des Landes mit der Hauptstadt im urbanen Norden verband, asphaltieren und markieren.

Die Trasse war geschlagen worden, und die Straße war bereits planiert und verdichtet worden. Doch die Regenzeit stand kurz bevor, und wenn die Straße unasphaltiert blieb, würde die ganze Arbeit im Nu weggespült werden. Vier hatte die Pläne studiert und sich den Straßenverlauf auf Satellitenfotos angesehen. Er hatte noch nie an einer so geraden Straße gearbeitet. Sie durchschnitt Busch und Wüste und Wälder und Dörfer, aber auf der gesamten Strecke gab es keine Hügel oder Berge oder Städte. Es gab so gut wie keine Hindernisse.

»Du hast also schon eine Menge Straßen gebaut«, sagte Neun. Er hatte einen respektvollen, ernsten Ton angeschlagen, der jedoch nicht überzeugend klang. Wieder umspielte der Anflug eines Lächelns seinen femininen Mund.

»Das ist jetzt mein dreiundsechzigster Auftrag«, sagte Vier. Er beließ es dabei. In acht Jahren hatte er über siebentausendfünfhundert Kilometer auf vier Kontinenten asphaltiert.

»Schon mal Ärger gehabt?«, fragte Neun.

Vier war erst zweimal mit einer Schusswaffe bedroht worden. Seine Arbeit fand häufig in Regionen statt, wo noch kurz zuvor Gewalt und Gräueltaten an der Tagesordnung gewesen waren, kam aber eigentlich nie direkt damit in Berührung. Bei früheren Einsätzen hatte Vier mal ein Flugzeug vom Himmel fallen sehen und später erfahren, dass es eine von einer Boden-Luft-Rakete abgeschossene Passagiermaschine gewesen war. Er war an mit Leichen verseuchten Wasserstellen vorbeigekommen. Er hatte einmal um wenige Minuten eine Kreuzigung verpasst. »Nein«, antwortete er.

»Hast du diese Maschine schon mal bedient?«, fragte Neun.

»Ja«, sagte Vier.

Das entsprach nicht ganz der Wahrheit. Das hier war sein erster Auftrag mit diesem speziellen Fahrzeug. Die Firma setzte erst zum zweiten Mal die RS-80 ein, die eine deutliche Verbesserung gegenüber ihrer Vorgängerin war, der RS-50. So war beispielsweise im Cockpit des neuen Modells nur Platz für eine Person. Die RS-50 war mit zwei Leuten besetzt gewesen, und es hatte Vier in den Wahnsinn getrieben, das enge Cockpit mit einem Kollegen teilen zu müssen. Für die Bedienung der Maschine war nur eine Person erforderlich, was man beim neuen Modell entsprechend umgesetzt hatte. Für den anstehenden Auftrag hatte die Firma entschieden, dass der zweite Mitarbeiter auf einem Quad, einem motorradähnlichen Geländefahrzeug mit vier Rädern, vorausfahren sollte, um nach Hindernissen Ausschau zu halten und sicherzustellen, dass sich niemand an den Pods zu schaffen gemacht hatte. Das würde Neuns Aufgabenbereich sein.

»Guck mal da«, sagte Neun und deutete auf irgendetwas neben der schlammigen Straße. Vier konnte sich nicht vorstellen, was Neuns Interesse geweckt haben mochte. Nichts hier war neu. Alles um sie herum war normal für ein Entwicklungsland nach einem Krieg. Die mit Diesel gefüllten Limoflaschen, die am Straßenrand von hutzeligen Großmüttern verkauft wurden. Die streunenden Hunde und die Kinder mit Babys auf den Armen. Die sich kreuzenden Rauchfahnen von fernen Feuern. Die leeren Patronenhülsen. Die Teenager, die verspiegelte Sonnenbrillen trugen und mit ungeladenen AKs herumliefen. Die Lastwagen, die glänzende Sachen lieferten, die die Region seit Jahren nicht gesehen hatte – Klimageräte, Aktenschränke, makellose Fenster, sogar Buntglas für irgendeine vom Ausland finanzierte Kirche. Die weißen Pick-ups mit sorgenvollen oder abgestumpften Aufbauhelfern.

Überall waren Wiederaufbauarbeiten im Gange. Auf einem wackeligen Gerüst aus knorrigen Stöcken waren ein Dutzend Maurer damit beschäftigt, ein kommunales Gebäude mit einem wolkenförmigen Loch in der Fassade instand zu setzen. Nicht weit davon saß eine Frau mittleren Alters, die einen pelzgefütterten Wintermantel trug, unter einem gestreiften Sonnenschirm neben einem Kopierer, den sie irgendwie an den Straßenrand verfrachtet hatte. Eine Schlange von Männern und Frauen in Businesskleidung wartete darauf, die Kopierdienste der Frau in Anspruch zu nehmen. Ein Dieselmotorroller setzte mit schrillem Jaulen zum Überholen an, und Neun lachte.

»Die ganze Sippe«, sagte er.

Vier schaute hin und sah, dass eine fünfköpfige Familie

sich auf den kleinen Roller gequetscht hatte, der jetzt an ihnen vorbeifuhr und wieder vor ihnen einscherte. Zwei Kinder standen auf dem Trittbrett vor ihrem Vater, dessen Frau sich, ein Baby auf den Rücken gebunden, an ihm festklammerte. Das Baby, das tief und fest schlief und dessen Gesicht von Dieselabgasen umwölkt war, trug eine Mütze mit Schmucksteinen und Glöckchen.

Diese Stadt, deren Bewohner schon nicht mehr an das Ende des Bürgerkriegs geglaubt hatten, erwachte wieder zum Leben. Sämtliches Glas war zerborsten, sämtliche Dächer eingestürzt, überall waren Männer ohne Beine und Krankenhäuser voll mit Sterbenden und Notleidenden. Eine Million waren obdachlos, eine Million im Exil, Zehntausende Kinder waren verwaist. Und doch waren alle in Jubelstimmung, trotz der Baustellen, der sich türmenden Müllberge, des Abfalls, der in die Flüsse gekippt wurde, der Unmengen von bunten Plastikflaschen überall. Inmitten des Chaos herrschten Freude und hektische Betriebsamkeit. Eine Welle von Auslandshilfen brachte Gelder für den Wiederaufbau, Ausländer kamen, um die Lage einzuschätzen und Ratschläge zu erteilen, um Zuschüsse zu vergeben und Bestechungsgeld zu zahlen und Honorare zu kassieren. Privathäuser wurden Hotels; Küchen wurden Restaurants. Die Besucher brauchten abgefülltes sauberes Wasser, Erfrischungsgetränke, Whiskey, Hähnchenfleisch, Süßigkeiten, Rindfleisch. Mit einer Mahlzeit für sechs Aufbauhelfer verdiente man genug, um seine Familie einen Monat über Wasser zu halten.

Oder um einen Roller zu kaufen und die Familie wegzubringen.

»Wir werden heute länger arbeiten«, sagte Vier. »Uns ein bisschen Luft mit dem Zeitplan verschaffen, solange es geht.« Noch während er das sagte, wusste er, dass Neun ein heimliches Lächeln unterdrücken würde, was er auch tatsächlich tat. Vier sah weg, und sein Blick fiel auf zwei Männer, die eine neue Spülmaschine von einem Ochsenkarren luden, der zudem eine ältere Frau auf einer Trage enthielt. Über ihr war ein Infusionsbeutel mit Klebeband an einem Kricketschläger befestigt.

Sie beide hatten zwölf Tage Zeit, um die Arbeit zu erledigen. Die RS-80 war dazu ausgelegt, fünfundzwanzig Kilometer am Tag zu asphaltieren, es ließen sich aber bis zu dreißig aus ihr herausholen. Vier rechnete damit, die zweihundertdreißig Kilometer in zehn Tagen zu schaffen. Dennoch hatte die Firma für alle Fälle einen kleinen Puffer von zwei Tagen einkalkuliert. Die Firma würde eine Prämie bekommen, falls der Zeitplan eingehalten wurde; jede Verzögerung gefährdete den Zeitplan, was die Prämie für die Firma gefährdete, was Viers Provision gefährdete.

Vor allen Dingen musste die Straße rechtzeitig für die Parade fertig werden. Nach dem Willen des Präsidenten, der für große politische Inszenierungen bekannt war, sollte die Parade unmittelbar nach Fertigstellung der Straße beginnen. Der Festzug würde sich aus der Hauptstadt Richtung Süden bewegen und das Ende des jahrzehntelangen Krieges ebenso symbolisieren wie den

Beginn von Frieden und Wohlstand, der durch die Straße ermöglicht wurde.

Die RS-80 minimierte jegliche Zweifel an der Einhaltung eines so straffen Zeitplans. Da sie während der Trockenzeit asphaltierten, war nicht mit Regen zu rechnen, und abgesehen von Regen gab es praktisch keine Variablen. Wenn es keine Variablen und keine Behinderungen gab, war davon auszugehen, dass Vier jede Arbeit termingerecht oder früher erledigte. Abgesehen von Schlafenszeiten und gelegentlicher Nahrungsaufnahme legte Vier während eines Einsatzes nur dann Pausen ein, wenn sie unvermeidbar waren.

»Warst du schon mal hier?«, fragte Neun.

»Nein«, sagte Vier. Er beobachtete, dass Neun wieder die Haare nach hinten warf und sich mit einer Hand durch die ganze Mähne fuhr. Kurz darauf behinderte dieselbe Haarsträhne schon wieder seine Sicht. Absurd, dachte Vier.

»Ist das dein erster Einsatz?«, fragte Vier.

»Ja«, sagte Neun.

»Dir ist klar, was du machen sollst?«

»Ja. Die Straße räumen, *Hindernisse beseitigen.*« Neun sprach die letzten zwei Wörter übertrieben förmlich aus.

Vier warf ihm einen scharfen Blick zu und holte Luft. Ihr Taxi passierte einen Pick-up, auf dessen Ladefläche sich zwei Polizisten ausruhten, die Beine verschränkt, die Füße nackt. Eine Reihe Schulkinder in Kakihosen und strahlend weißen Hemden trottete vorbei. Sie trugen Bücher, die irgendeine ferne Regierung gespendet hatte. Ein Pritschenwagen, der einen kleinen Berg verbogenes und verkohltes Metall transportierte, brauste vorbei.

»Deine Aufgabe ist es, mit dem Quad vorauszufahren und dafür zu sorgen, dass nichts auf der Straße ist, wenn ich komme. Kein Mensch. Kein Tier. Nichts. Kleine Steine sind kein Problem. Wenn du tiefe Furchen siehst, sagst du mir Bescheid. Wenn du ein Loch siehst, einen Riss, irgendwas Ungewöhnliches, informierst du mich. Okay?«

»Ja.«

»Vor allem musst du andere Fahrzeuge von der Straße fernhalten. Autos, Motorräder, Ziegen, Kühe, Fahrräder, alles, was schwer ist, muss weg. Ein beladener Karren oder Laster kann die Straße zerfurchen und den Belag uneben machen. Verstanden?«

»Ja.«

»Leichte Unebenheiten im Belag sind hinnehmbar und in solchen Regionen fast unvermeidlich, aber deine Aufgabe ist es, diese Unebenheiten zu reduzieren, was bedeutet, dass du die Anzahl der Fahrzeuge ebenso reduzieren musst wie alles andere, das die Straße benutzt oder überquert. Klar?«

»Klar.«

»Wenn du eine größere Unebenheit entdeckst, ist es deine Aufgabe, sie einzuebnen, bevor die RS-80 ankommt, und falls du die Unebenheit nicht allein beheben kannst, weil sie zu groß ist, musst du mich anfunken oder zu mir kommen. Dann können wir überlegen, ob wir die Maschine stoppen, um erst die Anomalie zu beseitigen, oder ob wir einfach drüberasphaltieren. Okay?«

»Okay.«

»Wenn ich kurz vor dem nächsten Pod bin«, fuhr Vier fort, »vergewisserst du dich, dass sich da in der Nähe nichts und niemand rumtreibt. Die Pods locken Neugierige an, aber für uns sind sie von entscheidender Bedeutung. Sie enthalten den Asphalt und den Treibstoff für die RS-80. Wenn auch nur einer davon beschädigt wird, ist unsere Arbeit zu Ende. Es war ungeheuer schwierig für die Firma, alle Pods herzuschaffen. Verstanden?«

»Ja.«

»Es kann sie zwar niemand stehlen, dafür sind sie zu schwer, und Sensoren alarmieren uns, falls an einem Pod rumgefummelt wird, aber dein Job ist es sicherzustellen, dass sich niemand im Umkreis des nächsten Pods aufhält. Dass keiner ihn berührt, sich draufsetzt. Irgendwas in der Art. Klar?«

»Logo. Hindernisse beseitigen, menschliche und nicht menschliche. Und keine Fummelei.« Wieder lächelte Neun, als hätte er einen Witz gemacht. Er schien zu merken, dass Vier kein aufgeschlossenes Publikum war, beugte sich nach vorn zu dem Fenster zwischen Rückbank und Vordersitzen und ließ zur Verblüffung von Vier und dem Taxifahrer einen Schwall Sätze im regionalen Dialekt vom Stapel. Erst jetzt erinnerte sich Vier, in Neuns Profil gelesen zu haben, dass er die Landessprache beherrschte. Das war offenbar eine seiner wenigen Qualifikationen.

Als sie die Stadt hinter sich ließen und während Neun und der Taxifahrer eine lebhafte Unterhaltung führten, wurden die provisorischen Läden und Hotels von Baracken und brennenden Müllbergen abgelöst. Ein Stück außerhalb der Stadt sah Vier durch einen Schleier aus orangerotem Staub, wo die Straße anfing. Die RS-80 stand am Rand, eine tief liegende Maschine, deren mattgelbe Lackierung mit Schwarz abgesetzt war. Man hatte Vier versichert, dass diese Maschine so gut wie neu war, erst ein einziges Mal benutzt, und dann auch nur für kaum zehn Kilometer Strecke.

Neun zeigte auf sie, und er und der Taxifahrer redeten aufgeregt. Neun drehte sich zu Vier um. »Er sagt, er hat mal im Straßenbau gearbeitet. Er sagt, er glaubt einfach nicht, dass diese Maschine alles allein macht.«

Vier stieg aus dem Taxi und bezahlte den Fahrer. Es war halb neun, die Sonne stand bereits hoch über der Baumlinie. Er vermerkte die Uhrzeit in seinem Notizbuch und ging auf die Asphaltiermaschine zu. Vier sah, dass Neun noch einen Moment am Fenster des Taxifahrers stehen blieb und sich dann mit einem komplizierten Handschlag und lautem Gelächter verabschiedete. »Nein, nein, nein!«, brüllte er dem Fahrer zu und trabte los, um Vier einzuholen.

III

IN DER VERGANGENHEIT waren für das Asphaltieren einer derartigen Straße mindestens vier Fahrzeuge und zwölf Leute erforderlich gewesen. Es war eine schmutzige und gesundheitsschädliche Arbeit. Von Weitem sah das Ganze wie ein sehr langsamer und chaotischer Zirkus aus. Ein riesiger Kipplaster fuhr rückwärts an den Asphaltfertiger heran, hob die Ladefläche und schüttete heißen Asphalt in den Einfülltrichter der Maschine, die ihn dann gleichmäßig auf der Straße verteilte. Anschließend kam eine Walze, die den Belag verdichtete und glättete. Die ganze Zeit mussten Arbeiter nebenhergehen und aufpassen, dass alles reibungslos lief.

Die RS-80 jedoch vereinte all diese Arbeitsschritte in einem einzigen System, das um ein Vielfaches wirtschaftlicher und eleganter war. Statt den Asphalt mit Lastern zur Baustelle zu transportieren, wurde er am Straßenrand in den sogenannten Thermopods gelagert – schlichten gelben Behältern von je vier Kubikmetern Größe. Mit ihren abgerundeten Kanten sahen sie aus wie gewaltige Spielwürfel ohne Zahlen. Der Asphalt in jedem Pod wurde per Fernbedienung erhitzt, sodass die Mischung fertig war, wenn die RS-80 eintraf. Die RS-80 hob den

Pod auf ihre Plattform und ließ ihn einrasten, um dann aus ihm zu trinken, während sie die nächsten zehn Kilometer asphaltierte. Die Arbeit, für die früher eine Unzahl von Fahrzeugen und Menschen erforderlich gewesen war, konnte jetzt von einer einzigen Person in einer einzigen Maschine erledigt werden.

Daher war Vier skeptisch, ob Neuns Arbeit überhaupt erforderlich war. Probleme waren unwahrscheinlich, und Satellitenfotos konnten auffällige Hindernisse entdecken. Was Behinderungen durch Menschen betraf, durchaus ein Faktor in einigen Regionen der Welt, so hatten alle Recherchen seitens der Firma ergeben, dass es gegen dieses Projekt keinen lokalen Widerstand gab. Die Straße war seit achtzehn Monaten in Arbeit, und kompetente Unterstützung war vor Ort nicht zu haben. In den Monaten vor Viers Ankunft hatten seine Kollegen das Land gerodet und die Straße planiert, und die ganze Zeit hatten ihnen die Einheimischen geholfen, ob bezahlt oder nicht. Wenn Häuser im Weg waren und wegmussten, erhoben die Einheimischen keine Einwände; sie nahmen Geld für die Umsiedlung an und verschwanden umgehend. Bei den wenigen Habseligkeiten, die die Menschen im Durchschnitt besaßen, dauerte so ein Auszug meist weniger als eine Stunde.

Jetzt musste die Straße nur noch asphaltiert werden, was in einem Land wie diesem, wo es häufig zu Überschwemmungen kam, unerlässlich war. Bis vor Kurzem waren die meisten Straßen in diesem südlichen Teil des Landes unbefestigt und somit während der Regenzeit praktisch unbrauchbar gewesen. Wenn diese Straße erst asphaltiert war, konnten alle möglichen Waren von der Hauptstadt im Norden mühelos in die Provinz fließen – Medikamente und Landmaschinen und Baumaterialien, an denen jetzt noch Mangel herrschte. Vor dem Bau der Straße hatte die Fahrt von der Hauptstadt in diese Region bestenfalls vier Tage gedauert, und auf der ganzen Strecke gab es weder Tankstellen noch Reparaturwerkstätten. Die Busse, die über Land fuhren, mussten ihren eigenen Treibstoff mitführen, was sie zur leichten Beute für Banditen machte. Die neue Straße würde der Provinz mit einer zulässigen Geschwindigkeit von hundertzwanzig Stundenkilometern Sicherheit und Fortschritt bringen. Der entlegene Süden würde innerhalb weniger Monate hundert Jahre in die Zukunft springen.

Die Straße begann an einer unscheinbaren Baustelle am Rande der Stadt. Eine zusammengewürfelte Ansammlung von betagten Fahrzeugen, Frontlader und Bagger und Planierraupen, wartete unbemannt darauf, hier später die Auffahrt für den Highway zu bauen. Eine riesige neue Reklametafel riet zur Kinderschutzimpfung.

Die RS-80 war am Vortag geliefert worden, doch ihre untere Hälfte war bereits mit einer roten Staubschicht bedeckt. Zwei Gestalten in blauen Overalls hantierten hektisch an ihr herum. Die Maschine war per Schiff und über Land per Tieflader transportiert worden, und wohin auch immer sie befördert wurde, stets musste sie von Mechanikern begleitet werden, die dafür sorgten, dass sie pünktlich einsatzbereit war. Außer den beiden Mechanikern war niemand in der Nähe. Gelegentlich wurde der Beginn eines Bauprojekts mit Würdenträgern und großem Tamtam gefeiert, doch die Firma fand – und Vier sah das genauso –, dass die Arbeiten möglichst wenig Aufmerksamkeit erregen sollten.

Neben der RS-80 stand ein ziemlich neu aussehendes Quad. Es war im selben Gelb lackiert wie der Asphaltfertiger und hatte schwarze Zierstreifen und Chromleisten.

»Ist das meins?«, fragte Neun und schwang ein Bein über den Sitz.

»Bist du so ein Ding schon mal gefahren?«, fragte Vier.

Neun lachte leise und sagte: »Ja klar.« Dann beäugte er die Bedienelemente wie eine Katze, die einen zuckenden Bindfaden belauert. Wissend, dass er beobachtet wurde, wandte er sich ab und nahm stattdessen den Helm vom Gepäckträger des Quad. Er warf den Kopf in den Nacken, um sein Haar in die richtige Position zu bringen, und setzte sich den Helm mit großer Behutsamkeit auf. Dann nahm er weiter die Maschine in Augenschein, offenbar ohne zu wissen, wie sie gestartet wurde.

»In ein paar Minuten geht es los«, sagte Vier zu ihm und folgte den beiden Mechanikern für eine letzte Inspektion um die RS-80 herum.

Ein schuhloser Mann in einem zerknitterten Anzug kam rasch näher, eine verdreckte Hand an die Lippen gehoben, als würde er sich einen unsichtbaren Happen in den Mund schieben. Vier sprach ihn nicht an und schaute ihm auch nicht ins Gesicht. Er richtete seine

Aufmerksamkeit auf die Maschine und sah lediglich die abgebrochenen Zehennägel des Mannes im Staub. Auch die Mechaniker wussten, wie sie sich zu verhalten hatten. Sie missachteten geflissentlich die Betteleien des Mannes und kümmerten sich um ihre Arbeit. Innerhalb von Sekunden begriff der Mann, dass bei ihnen nichts zu holen war, und versuchte sein Glück bei Neun, der sogleich die natürliche Ordnung durcheinanderbrachte. Er nahm seinen Helm ab und sah dem Mann in die Augen. Er klopfte sich übertrieben auf die Taschen, um dem Mann zu vermitteln, dass er weder Geld noch Essen für ihn hatte. Da der Mann eine derart engagierte Reaktion erhalten hatte, intensivierte er prompt seine Füttergeste, als könnte er durch mehr Dramatik bei Neun Essbares oder Geld herbeizaubern. Neun begriff, dass er ein Problem erzeugt hatte, und blickte in Viers Richtung. Vier und die Mechaniker gingen auf die andere Seite der Maschine, wo sie ihre Inspektion fortsetzten, und überließen es Neun, die Suppe auszulöffeln, die er sich selbst eingebrockt hatte.

Die Maschine war in einem ausgezeichneten Zustand und voll betankt. Die Mechaniker schüttelten Vier die Hand und verabschiedeten sich. Sie würden noch am selben Tag zur regionalen Zentrale der Firma zurückfliegen. Vier ging um die RS-80 herum und erkundete die Verbesserungen, die im Vergleich zur RS-50 vorgenommen worden waren. Alles, so schien es, war modernisiert und weiterentwickelt worden. Er strich mit der Hand über die Karosserie, bewunderte ihre Stabilität, ihre undurchdringliche Kompaktheit. Die Zufuhrrampe war jetzt kürzer, effizienter. Der Befüllungsmechanismus war ein Kunstwerk. Und dieses Modell konnte auch die Fahrbahnmarkierung aufmalen. Die Regierung wollte eine gelbe Doppellinie über die gesamte Länge des Highways, und weil das neue Bitumen fast augenblicklich trocknete, konnte es von der RS-80 in einem Arbeitsgang markiert werden.

Der Motor lief schon, als Vier sich in die Fahrerkabine setzte, wo es nach frischem Kunststoff und neuem Leder roch. Sie war geräumig, doch alles war in Reichweite. Ein Schlüssel öffnete das Armaturenbrett mit einer Reihe von Fächern, die alle wiederum nur mit einem eigenen Schlüssel geöffnet werden konnten. Eines enthielt detaillierte topografische Karten für den Fall, dass das GPS versagte. Eines enthielt einen gut bestückten Werkzeugkasten für kleinere Reparaturen. Eines enthielt Ersatzbatterien, Zündkerzen, Verteilerkappen und diverse Schrauben, Filter und Schläuche. Eines enthielt das Satellitentelefon und sorgte dafür, dass es ständig aufgeladen war, denn es gab fast nirgendwo im Land Mobilfunkempfang.

Eine Stahlkiste unter dem Sitz enthielt eine Pistole, eine abgesägte Schrotflinte, zwei Granaten, genügend Bargeld in der Landeswährung, um ein paar Dörfer zu bestechen, und sechs Zyanidkapseln. Vier vermerkte in seinem Notizbuch, dass alles an Ort und Stelle war.

»Soll ich losfahren?«, fragte Neun. Er war am Fenster aufgetaucht, obwohl Vier die Trittstufen der Maschine bereits eingefahren hatte.

»Stehst du auf dem Fahrwerk?«, fragte Vier.

»Fahrwerk?«, sagte Neun und schaute nach unten. »Ich glaub ja.«

»Nicht da draufstellen«, sagte Vier. Neun sprang herunter. »Und keinen Kontakt zu den Einheimischen. Das weißt du. Jetzt fahr. Halt dich auf dem Randstreifen, such die Straße nach Hindernissen ab und beseitige sie. Komm nur dann zu mir zurück, wenn du irgendwas siehst, womit du nicht allein fertigwirst.«

»Alles klar«, sagte Neun und trabte zum Quad.

Vier steuerte die RS-80 auf das Straßenbett. Der erste Thermopod war zehn Meter weiter vorn aufgestellt worden, und diese Entfernung war erforderlich, damit das Navigationssystem der Maschine vollständig kalibriert werden konnte.

Jetzt, da die RS-80 sich in Bewegung gesetzt hatte, tauchte eine kleine Schar einheimischer Männer auf und beobachtete die Maschine aus einigem Abstand. Manche trugen traditionelle Kleidung, und manche trugen Trainingsanzüge. Ein Mann trug ein abgewetztes und verstaubtes Smokingjackett zu Shorts und Sandalen. Da die RS-80 langsam fuhr, kaum schneller als Schritttempo, konnten die Männer mühelos neben ihr hergehen.

Vier sah zu Neun hinüber, der auf seinem Quad saß und abfahrbereit aussah, aber seinen Helm noch nicht aufgesetzt hatte. Vier signalisierte ihm, dass es losgehen könne, und hoffte, dass Neun seinen Helm aufsetzen und vorausfahren würde, wie es seine Aufgabe war. Doch stattdessen hatte Neun ein Gespräch mit dem Mann im Smokingjackett angefangen.

Vier spürte einen Anflug von Verärgerung, ermahnte sich aber, ruhig zu bleiben. Er legte den Gang ein, und die RS-80 ruckelte vorwärts. Vier Stundenkilometer war die Höchstgeschwindigkeit der RS-80, und obwohl das für den Bau einer Straße atemberaubend schnell war, konnte nicht jeder diese Langsamkeit ertragen. Vier fand es meditativ und die Leistung beachtlich, hatte aber das deutliche Gefühl, dass Neun nicht damit zufrieden sein würde, wie geruhsam und bedächtig die Maschine vorankam.

Die RS-80 erreichte den ersten Pod und nahm ihn auf. Ein paar Einheimische standen fünfzig Meter entfernt und schauten zu, wie der Behälter über die Rampe in die Asphaltiermaschine gezogen wurde und dann einrastete. Das Fahrzeug fuhr weiter, und der bereits auf knapp hundertfünfzig Grad erhitzte Asphalt überzog die Straße nach und nach mit einer perfekten Schwarzdecke, deren Oberfläche bis auf zwei gelbe Streifen makellos war.

Nach ein paar Hundert Metern hatte die Maschine den Reiz des Neuen für die Einheimischen verloren. Sie machten kehrt und widmeten sich wieder ihren eigenen Beschäftigungen. Frauen, die Einkäufe oder Feuerholz trugen, überquerten die frisch asphaltierte Straße hinter dem Fahrzeug, ohne sich vor deren Hitze oder Dämpfen zu fürchten. Sie vertrauten Vier, der Maschine und der Sachkenntnis, die er als Ausländer verkörperte. Als Vier den letzten Kilometer der städtischen Peripherie passierte, winkten Kinder, doch Vier erwiderte ihren Gruß nicht. Vier und seine Kollegen hatten bei unzähligen früheren Einsätzen gelernt, dass jede Interaktion, selbst ein kurzes Winken, eine Aufforderung zu einem Gespräch und zu Komplikationen war. So konnte es vorkommen, dass irgendein unternehmungslustiger Mann freundlich winkte, um dann zu signalisieren, dass die Maschine stoppen sollte. Falls der Fahrer so blöd war anzuhalten, fragte der unternehmungslustige Mann nach einer Beschäftigung, ob er irgendwie behilflich sein könnte, ob er dafür sorgen könnte, dass die Kooperation mit den an der Straße liegenden Dörfern klappte. Bestechungen und Verzögerungen waren die Folge.

Die Firma versicherte ihren Mitarbeitern, dass es nicht unhöflich war, stur geradeaus zu schauen, sich allein auf die Straße zu konzentrieren, Teil der Maschine zu sein. Die Einheimischen würden das verstehen. Ja, sie würden sogar mehr Respekt haben vor den Fahrern, wenn die sich unter keinen Umständen von ihrer Arbeit ablenken ließen. Der Bau einer brauchbaren Straße war eine wichtige Arbeit. Nichts, was links und rechts passierte, war wichtiger.

Ein Mann schien am Straßenrand Liegestütze zu machen. Als Vier näher kam, sah er, dass die Beine des Mannes verkümmert waren oder fehlten, dass seine Hosenbeine zwei zerfetzte Flaggen waren. Der Mann bewegte sich fort, indem er Oberkörper und Beine durch die Kraft seiner Arme, die mit schlimmen Brandnarben bedeckt waren, über den Schotter zog. Frauen und Kinder überholten ihn, ohne Hilfe anzubieten oder irgendein Interesse zu zeigen. Vier überraschte das nicht.

Die beige Stadt lag bald hinter ihm, und die Zuschauer waren verschwunden. Vier überprüfte die Systeme der RS-80, und alles war im grünen Bereich. In der Ferne liefen die geraden diagonalen Ränder der Straße in einem winzigen Punkt am Horizont zusammen. Wenn der Highway erst asphaltiert war, würde er grandios sein.

IV

DIE NEUEN ZELTE der Firma sollten schnell aufzubauen sein, und Vier brauchte tatsächlich keine zwanzig Sekunden, um das Paket aus Stangen und Nylon in einen hübschen roten Unterschlupf zu verwandeln, stabil und bequem.

Der Tag war ereignislos gewesen. Er hatte achtundzwanzig Kilometer asphaltiert, und die RS-80 parkte jetzt einen Meter entfernt vom nächsten Pod. Neun war einigermaßen nützlich gewesen. Den ganzen Tag war er vorausgefahren und immer mal wieder zurückgekommen, ohne irgendetwas Neues oder Besorgniserregendes zu berichten. Die Straße war völlig frei von Unregelmäßigkeiten gewesen.

Als Vier die RS-80 herunterfuhr, hatte er Neun losgeschickt, um nachzusehen, ob sich auch niemand an dem zweiten Pod für den nächsten Tag zu schaffen gemacht hatte. Das war das übliche Prozedere, aber Vier war froh, dass er sich jetzt rund zwanzig Minuten allein entspannen konnte, während Neun die zehn Kilometer zu dem Pod und wieder zurück fuhr.

Sobald Neun außer Sicht war, kniete Vier sich auf den Asphalt und presste die Handteller auf die warme

Fläche. Es war ein unbeschreibliches Gefühl. Die neue Zusammensetzung, die die Toxizität verringerte und die Entstehung von Rissen und Löchern in Grenzen hielt, war großartig. Von Nahem sah die Straße aus wie Seide. Vier atmete tief ein und stellte fest, dass man den Geruch stark reduziert hatte. Er war jetzt nicht mehr so penetrant industriell, sondern erinnerte eher an Haferflocken. Die gelbe Doppellinie war akkurat und fühlte sich bereits trocken an. Die RS-80 hatte ausgezeichnete Arbeit geleistet, würde Vier in seinen Bericht schreiben. Ab und zu, so dachte er, bauten Menschen eine perfekte Maschine, die wenig Wartung erfordert, die effizient aufnimmt, was sie von der Welt benötigt, ihre Arbeit macht und im Gegenzug nichts verlangt.

Vier stand auf und nahm die absolute Stille seiner Umgebung in sich auf. Er sah keine Ansiedlungen und hörte keine Menschen. Allein mit seiner Straße und dem Asphalt empfand er Ruhe und Frieden. Das stellte für ihn das Wesentliche der Arbeit dar, alles andere war unnötig. Er war auf einer Farm aufgewachsen und lebte nun auf einer Insel und war zu der Erkenntnis gelangt, dass der weitaus größte Teil der Erde, die Meere und Ebenen und Berge, leer und still waren. Der natürliche Zustand der Welt, ihre vorherrschende Verfassung, war absolute Stille, und es war ein unlogischer Segen, dass die Lebewesen, die Lärm machen, also fast die gesamte Menschheit, stets in der Nähe von noch mehr Lärm sein wollen, wodurch der Planet überwiegend leer und friedlich ist.

Vier öffnete den Reißverschluss seiner Zelttür und kroch hinein, nachdem er sich zuvor die Stiefel ausgezogen hatte. Seine befreiten Füße seufzten und dehnten sich aus, und Vier legte sich auf den Bauch. Er öffnete seinen Rucksack und entrollte seinen Schlafsack und blies das Kopfkissen auf. Er holte eine weitere, schwerere Nylonrolle aus dem Rucksack. Darin befanden sich drei Pistolen und drei Messer. Zwei Pistolen waren identisch und hatten je ein Zwölf-Schuss-Magazin. Er hatte acht solcher Magazine für insgesamt sechsundneunzig Schuss. Die dritte Pistole war sehr klein und aus Plastik; sie sollte am Fußgelenk getragen werden und war von Metalldetektoren nicht zu erkennen. Diese Waffe konnte sechs Kugeln abfeuern, die ebenfalls aus Plastik waren, aber in Holz, Fleisch oder Stahl eindringen konnten.

Vier überprüfte jede Pistole auf Beschädigungen und stellte fest, dass sie funktionstüchtig waren. Von den drei Messern war das Erste ein großes Jagdmesser, das für den Nahkampf gedacht war, sich aber auch dafür eignete, ein Tier auszunehmen, falls er je aus Nahrungsmangel gezwungen war, eins zu töten. Das zweite Messer war kleiner, und sein Griff konnte zugleich als Schlagring dienen. Das dritte war bloß ein robustes Springmesser, das sich wie die Plastikpistole bequem verbergen ließ und von den Metalldetektoren, die in der Region benutzt wurden, nicht entdeckt werden konnte.

Vier ließ das größte und das kleinste Messer in der Nylonrolle und verstaute die Rolle in einer Ecke des Zelts. Das Schlagringmesser legte er unter sein Kopfkissen. Die zwei Pistolen versteckte er ebenfalls. Wie es die Firmenpolitik verlangte, schob er eine der Schusswaffen in seinen Schlafsack.

Es kam selten vor, dass Waffengewalt erforderlich wurde, doch die Einheimischen sollten wissen, dass die Mitarbeiter der Firma bewaffnet waren. Vier hatte überhaupt nur ein einziges Mal nach einer Waffe gegriffen und auch da nur, um einem Möchtegerndieb zu zeigen, dass er eine Pistole hatte. Das war drei Jahre her, und die Demonstration von zerstörerischer Kraft hatte die gewünschte Wirkung erzielt.

Als Vier schließlich im Zelt alles an Ort und Stelle verstaut hatte, war es früher Abend. Er war nicht hungrig, wusste aber, dass er etwas essen sollte, solange es hell und Neun noch unterwegs war. Er ging zurück zur RS-80 und erhitzte das Wasser im Wassertank. Er holte einen großen Becher aus dem Zelt und füllte ihn mit heißem Wasser vom Fahrzeug. Er schüttete eine Packung gefriergetrocknetes Rindfleisch in den Becher und rührte die Brühe mit seinem Löffel um. Während sie abkühlte, steckte er sich seine Kopfhörer in die Ohren und drückte Play.

»Hey!« Neuns Kopf erschien im Zelt, das Gesicht unter seinen Haaren versteckt. Vier erschrak. »Sorry«, sagte Neun, und seine belustigten Augen kamen zum Vorschein, als er sich die Haare zurückstrich. »Wollte dich nicht erschrecken.« Sein Lächeln schwand, und er schien unsicher, welchen seiner vielen Töne er anschlagen und wie er sich verhalten sollte. Vier sah ihn teilnahmslos an. Neun räusperte sich. »Also, ich hab den nächsten Pod gecheckt. Sieht gut aus. Das heißt, er *machte einen zufriedenstellenden Eindruck.*«

Neun sagte das in seinem offenbar professionellsten Tonfall. »Hast du den ganzen verrückten Scheiß heute gesehen? Das Frachtflugzeug neben der Straße, das praktisch in der Mitte durchgebrochen war, hast du doch bestimmt gesehen, oder?«

Vier hatte es gesehen.

»Und den Panzer, von dem der Geschützturm einfach verschwunden war? Hast du das Scheißpferd mit irgendwelchem militärischen Zeugs dran gesehen, das ganz allein rumgelaufen ist wie eine Art Hommage an einen gefallenen Helden? Und hast du die Strommasten entlang der Straße gesehen und die Crew, die die aufstellt? Ich schätze, die kriegen hier in der Gegend genauso schnell Strom, wie sie eine Straße kriegen.«

Vier hatte das alles gesehen. Er hatte den schrägen Rauch von fernen Gummibränden gesehen. Die kreisenden Aasvögel. Die streunenden Hunde, die toten Hunde. Die Pyramide aus verrosteten Bettgestellen. Einen rosa Bademantel, der sorgfältig auf dem Schotter ausgebreitet war. Die Aschehaufen, die einmal Häuser gewesen waren. Die Schulkinder, die in makellosen gelben Shirts zu einer Schule in einem blauen Zelt gingen.

»Und was sollen diese schwarzen Müllsäcke?«, fragte Neun. »Die liegen zu Hunderten an der Straße, haufenweise, nicht? Als würden die Leute sauber machen und auf einen Müllwagen warten, der hinter uns herkommt und alles einsammelt.«

Als Neun den Becher sah, den Vier in der Hand hielt, spähte er hinein und verzog das Gesicht. »Was ist das?«, fragte er, wartete die Antwort aber nicht ab. »Den Fraß krieg ich nicht runter. Hör mal, ich hab ein Stück weiter ein Lokal gesehen. Eins von diesen Mikro-Restaurants. Bloß zwei Frauen, die über offenem Feuer kochen, aber es hat sensationell gut gerochen. Ich kann uns hinfahren.«

Vier schluckte einen Mundvoll von seiner suppigen Mischung. »Wir müssen beide hierbleiben«, sagte er. »Von regionalem Essen wird dringend abgeraten. Das weißt du. Steht in deinem Vertrag.«

»Können wir dann wenigstens draußen essen?«, fragte Neun. »Ist scheißheiß hier drin.«

Vier rührte sich nicht. Er wusste, dass es heiß war, aber es war Vorschrift, im Zelt zu essen. Es verhinderte, dass Einheimische neugierig wurden oder sie ansprachen. Vier kam gut mit Hitze oder Kälte klar. Er hatte bei stürmischem Wind, in Regen und Schnee und sengender Hitze gearbeitet. Es war eine Frage der Vorbereitung und Ausdauer, denn alle äußeren Bedingungen waren vorübergehend. Nach jedem Einsatz, ganz gleich, wie sehr er einen Tag oder eine Woche lang gelitten hatte, war er planmäßig nach Hause zurückgekehrt.

Neun zog das Gesicht aus dem Zelt zurück und richtete sich auf. Vier konnte sehen, dass Neun überlegte, was er machen sollte. Dann ging Neun in die Hocke, sodass sein Gesicht wieder im Zelteingang zu sehen war, und seine Augen leuchteten hinter den baumelnden Ranken seiner Haare.

»Ich hab heute eine Frau auf der Straße getroffen«, sagte er und warf den Kopf nach hinten, um seine Augen frei zu machen. »Sie hat mir gewinkt, und ich hab angehalten. Hast du mal welche von den Frauen hier gesehen? Da sind ein paar scharfe Bräute dabei, was? Selbst wenn sie züchtig gekleidet sind. Vielleicht hauptsächlich die Sorte, die angeblich sittsam und unterwürfig ist. Die haben eine sexy Ausstrahlung, was? Das Mysteriöse hat was Anziehendes – das Rätsel des verborgenen Körpers, aber dann diese verwegenen Augen. Das ist wie ein Meer bei Nacht, ganz schwarz und unbekannt, aber von oben schreit ein Leuchtturm. Diese Augen schreien die ganze Zeit *Ich will, ich will!* Du verstehst, was ich meine. Das weiß ich. Und die Frau, die ich getroffen habe, die war richtig dreist. Die wollte wissen, wann wir fertig sind, und wir haben darüber gesprochen, was die Straße hier in der Gegend alles verändern wird. Es passiert schon eine Menge – sie hat richtig geschwärmt davon.«

Vier hatte aufgegessen. Er wischte Becher und Besteck mit einem Papiertuch ab und verstaute beides wieder.

»Ist dir aufgefallen, wie viele Geschäfte bereits aus dem Boden geschossen sind?«, redete Neun weiter. »Ich hab heute schon ein paar Hundert gezählt. Du hast sie wahrscheinlich gesehen. Die vielen kleinen Restaurants und Läden aus Altmetall und Sperrholz? Vorläufig sind es bloß Hütten, die ein paar Sachen verkaufen, aber das ist Kleinunternehmertum. Das ist Selbstbestimmung, Wachstum. Hast du den Kosmetikladen gesehen?«

Vier nahm an, dass die Frage rhetorisch gemeint war,

und ignorierte sie, bis die Stille darauf schließen ließ, dass Neun eine Antwort erwartete.

»Nein«, sagte Vier.

»Der Neue-Welt-Schönheits-Salon? Mit dem handgemalten Schild und den kopflosen Schaufensterpuppen davor?«

Vier sagte nichts.

»Diese Geschäfte«, fuhr Neun atemlos fort, »die sind die Chance, eine Art Frieden zu garantieren. Je mehr Leute ein eigenes Unternehmen betreiben, je mehr sie etwas aufbauen, verwurzelt sind und wachsen, desto unwahrscheinlicher ist, dass sie Krieg als Lösung akzeptieren – dass sie einem dieser rebellischen Opportunisten auf den Leim gehen. Die könnten ohnehin nicht mehr viel reißen. Anscheinend haben die Rebellen als Folge des Friedensabkommens alle ihre schweren Geschütze, ihre wenigen Flugzeuge und Panzer abgegeben. Das hört sich nach einer ziemlich einseitigen Regelung an, wenn du mich fragst.«

Neuns Haare waren ihm vor die Augen gefallen, und Vier wusste, dass Neun sie jeden Moment wieder nach hinten werfen würde. Er schaute zu, fasziniert von Neuns Vorhersehbarkeit, seiner unfreiwilligen Komik. Doch Neun verwechselte Viers soziologische Neugier mit echtem Interesse an seinem Gequatsche und ging noch mehr aus sich heraus.

»Aber ich muss sagen, ich fühle mich hier richtig erfüllt. Der Optimismus der Leute ist wie die Geburt eines Sterns. Er strahlt. Mir geht das Herz über. Geht es dir auch so?« Vier sagte nichts, und Neun fasste sein Schweigen offenbar als Zustimmung auf. »Ja«, redete er weiter, »ich weiß nicht, ob ich schon mal so eine unmittelbare und tiefe Verbundenheit empfunden habe. Die Leute kennen mich. Sie schauen mich an, sie sehen mich, sie nehmen mich auf eine Weise zur Kenntnis, wie das noch nie jemand getan hat. Gleichzeitig weiß ich genau wie sie, dass ich nichts bin, aber dass ich zuhöre. Dass ich Interesse zeige. Und deshalb ist unsere Arbeit hier wichtig, selbst wenn ich persönlich unwichtig bin.«

Vier sah auf seine Uhr. Es war Punkt sieben. Er musste für die Firma einen Bericht über das Tagespensum schreiben, und dafür würde er bis 19.40 Uhr brauchen. Dann musste er die RS-80 gründlich durchchecken. Dafür würde er bis circa 20.10 Uhr brauchen. Dann musste er sich entspannen, bevor er ins Bett ging. Er wollte um spätestens 21.20 Uhr eingeschlafen sein und um 6 Uhr aufstehen.

»Du guckst dauernd auf die Uhr«, sagte Neun. »Daher dein Spitzname die Uhr.«

»Niemand nennt mich die Uhr.«

Neun blinzelte mehrmals, überrascht, berichtigt zu werden.

»Tut mir leid. Ich hab wirklich gedacht, du würdest den Spitznamen mögen.«

»Nein. Niemand hat mich je so genannt.«

Neun zögerte, als würde er ein halbes Dutzend Erwiderungen formulieren und verwerfen. Einen Moment lang verkrampften die unausgesprochenen Sätze sein Gesicht, bis es sich schließlich entspannte, als er sie alle innerlich gestrichen hatte und lieber schwieg. Er holte tief Luft und setzte erneut an. »Die Straße ist ein Highway des Lebens, siehst du das nicht? Wie ein mächtiger Baum. Und diese ganzen Häuser und Geschäfte, die an ihr aufmachen, die sind wie Wurzeln, die sich von dem Baum ausbreiten, tief eingraben, Lebenskraft aus dem Baum beziehen, Möglichkeiten schaffen und damit auch Stabilität.«

Vier sah auf seine Schuhe. Falls er diese Art von Geschwätz jeden Abend zu ertragen hatte, würde er durchdrehen.

»Hältst du nie mal inne und freust dich darüber?«, fragte Neun.

Vier dachte, dass es vielleicht ein Fehler gewesen war, Neun davon abzuhalten, woanders zu Abend zu essen. Ohne Neun könnte Vier in Ruhe essen und arbeiten. Andererseits, wenn er Neun erlaubte, in irgendeiner Hütte am Straßenrand zu essen, riskierte er, dass Neun krank wurde, und das hätte Verzögerungen und einen gefährdeten Zeitplan zur Folge.

»Ich muss jetzt meinen Bericht schreiben«, sagte Vier. »Genieß dein Abendessen.« Vier holte sein Berichtsheft hervor und begann, es auszufüllen.

Vier hörte, dass Neun eine Weile draußen herumlief, seine Schritte laut auf dem Schotter am Rand der Straße. Neun konnte unmöglich irgendetwas Sinnvolles da draußen machen. Es bestand kein Grund, so laut herumzustapfen. Schließlich schloss Vier den Reißverschluss von seinem Zelt.

»Schöner Abend hier draußen«, sagte Neun auf der anderen Seite des Nylons. Er fing an, irgendeine unmelodische Trauermelodie zu pfeifen.

Vier steckte sich seine Kopfhörer in die Ohren und drückte Play. Eine halbe Stunde später war er mit seinem Bericht fertig und wollte die RS-80 durchchecken. Ehe er das Zelt verlassen konnte, zog Neun den Reißverschluss auf und steckte wieder sein Gesicht herein.

»Ich weiß, ich hätte das nicht tun sollen, aber ich hab eine Kleinigkeit mitgebracht.« Er hielt einen Flachmann hoch. »Hab ich in der Stadt besorgt, bevor wir losgefahren sind. Willst du einen Schluck?«

»Nein«, sagte Vier. »So was darfst du gar nicht haben.«

Neun setzte eine gespielt kleinlaute Miene auf und steckte den Flachmann in seinen Overall.

»Was hörst du dir da an?«, fragte Neun.

Vier antwortete nicht. Es war offensichtlich, dass Neun schon was getrunken hatte. Es musste sich um irgendeinen billigen Selbstgebrannten handeln; sein medizinischer Atem füllte das Zelt. Wieder ermahnte Vier sich, seine Wut in Schach zu halten. In den sechsunddreißig Stunden, die Neun allein in der Stadt gewesen war, hatte dieser Mann sich mindestens eine Prostituierte aufs Zimmer geholt und Alkohol aufgetrieben, der hier streng verboten war. Jetzt war er wieder ungebeten in Viers Zelt gekommen, nachdem er sich rasch einen Rausch angetrunken hatte.

»Erinnerst du dich an die Frau, die du heute Morgen bei mir gesehen hast? Die war echt hübsch. Ihr Hintern war wie zwei Basketbälle, genau richtig aufgeblasen. ›Phantasie, mit ihr, nur ihr! / Nie währt Glück im Heut und Hier.‹ Kennst du das? Unser verdammter Vater hat uns immer gezwungen, Gedichte aufzusagen.«

Neun stockte, als erwartete er, dass Vier sich nach diesem faszinierenden Teil von Neuns Vergangenheit, nämlich dass er für seinen verdammten Vater Gedichte aufsagen musste, erkundigen würde. Als Vier nicht nachfragte, schien Neun für einen Moment überrascht, sprach dann aber weiter.

»Das ist das Besondere an diesem Teil der Welt – die Prostituierten sind keine zugedröhnten Ekelweiber. Die sind frisch, unverdorben. ›Wie drei Weine mischt sies klug / Und in einem einzgen Krug.‹ Das musst du doch kennen! Ist dasselbe Gedicht.«

Niemand, dachte Vier, sollte ertragen müssen, dass ein anderer aus einem Gedicht zitiert und den Zuhörer auffordert zu raten, von welchem toten Autor es stammte.

»Meine Lady hatte langes Haar, und es roch nach Wolle, aber an anderen Stellen roch sie ganz süß.« Da er Vier keine Reaktion entlockte, sprach er weiter. »Ihr Busch war köstlich. Ich weiß, die meisten Männer trinken nicht vom Busch einer Hure, aber ich liebe es. Ich liebe es immer. Sie war erstaunt, dass ich das wollte. Sie hat die Beine gespreizt und mich schmausen lassen.«

»Es reicht«, sagte Vier.

Neun schien zu glauben, das wäre ein Witz, dass

Vier sich die Geschichte gern anhörte. »Ich würde die Freundlichkeit einer Hure niemals mit Liebe oder auch nur Zuneigung verwechseln«, fuhr er fort, »aber diese Lady war anders. Ich glaube, sie war dankbar, weil ich ihr so viel bezahlt habe, dass sie die ganze Nacht in ein und demselben Bett schlafen konnte. Wir waren *beide* dankbar. Sie war dankbar, und deshalb war sie freundlich, und ich war dankbar für ihre Freundlichkeit. Als du an die Tür geklopft hast, hatten wir gerade noch eine Nummer geschoben, und es war richtig zärtlich – als wären wir uns einig, dass wir beide was davon haben, wenn wir uns gegenseitig Lust verschaffen. Hast du so was schon mal mit einer Professionellen erlebt?«

Vier stellte sich kurz vor, wie er Neun mit den Fäusten windelweich schlug.

»Nein«, sagte Vier und zog das Zelt zu.

V

DIE HITZE HATTE IN DER NACHT nicht nachgelassen. Im Morgengrauen erwachte Vier in einem engen Kokon aus Schweiß und Staub.

Er stand auf, streckte sich, öffnete das Zelt und erleichterte sich unter einem perlmuttfarbenen Himmel am Straßenrand. An der RS-80 füllte er einen Kanister mit Wasser und wusch sich auf der asphaltierten neuen Straße, die jetzt abgekühlt war. Hinterher konnte er noch immer seinen menschlichen Gestank riechen, deshalb holte er seinen Rucksack aus dem Zelt, öffnete eine Packung Erfrischungstücher und reinigte sich ein zweites Mal. Endlich verflog der Geruch.

Er sah auf die Uhr. Sechs Uhr siebenunddreißig. Er schaltete den Computer der RS-80 ein und aktivierte den ersten Thermopod. Das Erhitzen würde dreißig Minuten dauern, sie würden also in zwanzig losfahren müssen. Aber Neun war noch nicht aus seinem Zelt aufgetaucht.

»Zwanzig Minuten«, sagte Vier in Richtung von Neuns Zelt. Er hörte keine Antwort. Er klopfte auf die Nylonwand.

»Ja, wer ist da?«, fragte Neun mit einer ulkigen Fistelstimme.

»Zwanzig Minuten«, sagte Vier.

Vier packte einen Müsliriegel aus und aß ihn auf der Straße stehend. Er schaute die Straße hinunter, die er am Vortag asphaltiert hatte. Sie war makellos und schwarz, und ihre Vollkommenheit löste eine plötzliche Zufriedenheit in ihm aus. Er füllte seine Thermosflasche an der RS-80 mit sauberem Wasser, trank die Hälfte davon, schluckte eine Handvoll Vitamine und fing an, sein Zelt abzubauen. Als er fertig war und das Zelt im Seitenfach der RS-80 verstaut hatte, trat Neun aus seinem Zelt.

»Guten Morgen, Sir«, sagte er und verbeugte sich.

»Zwölf Minuten«, sagte Vier.

»Schon gefrühstückt?«, fragte Neun. »Nein, ich will's gar nicht wissen. Deine Ernährung ist so gottverdammt deprimierend. Ich hab gestern Nacht ein paar Eier geschenkt gekriegt. Willst du eins?«

»Gestern Nacht?«, sagte Vier. »Wer hat dir Eier geschenkt?«

»Ach, Gott. Wie erklär ich das? Wie. Erklär. Ich. Das? Nachdem du eingeschlafen bist, den Bauch voll mit Fertigfutter, bin ich zu dem letzten Dorf, an dem wir gestern vorbeigekommen sind, und hab es mir richtig schmecken lassen. Die Maschine kann doch Wasser kochen, nicht? Ich hab zwei für dich aufgehoben.« Er hielt zwei Eier hoch und ging zur RS-80. Er fand den Wassertank und stellte ihn an.

»Der ist nicht zum Eierkochen«, sagte Vier, doch er wusste, dass Neun sich nicht davon abbringen lassen würde. »Wie bist du dahin gekommen?«

Neun lehnte sich gegen die RS-80 und kratzte sich im Schritt. »Wann bist du eingeschlafen, gegen neun oder zehn? Ich wollte dich nicht wecken, deshalb hab ich das Quad nicht gestartet. Ich bin zu Fuß los, einfach die Straße lang, die wir schon asphaltiert haben, und, Menschenskind, ich hab noch nie im Leben so viele Sterne gesehen. Ein Wahnsinnshimmel hier. Der scheint so nah, als könnte man hochspringen und mit den Händen wedeln und Sterne einsammeln wie Sand. Ich bin also mit dem Kopf im Nacken die Straße lang und hab nur gestaunt, und die ganze Zeit bin ich Leuten begegnet, und wenn die meinen Overall gesehen haben, wussten sie, dass ich zum Straßenbauteam gehöre. Und sie waren so dankbar. So dankbar. Ich meine, die sind barfuß über den noch warmen Asphalt spaziert, bloß um festzustellen, wie sich das anfühlt! Diese Leute hatten noch nie eine ordentlich asphaltierte Straße gesehen.«

Das Wasser kochte, und Neun gab die Eier hinein. »Ich bin also einfach der Straße gefolgt zu dem Dorf. Und es war hell erleuchtet, einfach mit nackten Glühbirnen behängt, Lichterketten. Es war voller Leben. Als wir tagsüber dran vorbeigekommen sind, hat es bloß ausgesehen wie eine Reihe von Holzhütten, nicht? Aber als ich nachts da durchgegangen bin – Gott, es war so wach, so elektrisiert. Überall Menschen. Die haben mich angestaunt, weil es hier absolut niemanden gibt wie uns, aber nach einer Weile war ich bloß ein normaler Teil ihres Lebens. Es gab Musik aus winzigen Radios und vorsintflutlichen Gettoblastern, Geräte, die ich seit zwanzig Jahren nicht mehr gesehen hatte. CDs, sogar Kassetten! So viel Musik. Und das Essen!«

Neun bot Vier ein gekochtes Ei an, das er gepellt hatte.

»Nein«, sagte Vier. »In zwei Minuten müssen wir los.«

Neun aß die Eier hastig mit gierigen Bissen. »Ach, sind die gut. Gestern gelegt. Eine Frau hat sie aus dem Hühnerstall geholt. Hat sie der Henne direkt unterm Hintern weggeschnappt. Ich hab's gesehen. Ah, Gott. Die schmecken nach Leben.«

Neun aß mit geschlossenen Augen, schluckte den letzten Rest der Embryos. Sein Zelt war noch aufgebaut. Vier rechnete sich aus, dass Neun zehn Minuten brauchen würde, um seine Ausrüstung zusammenzupacken. Er würde es nicht schaffen, sie im Gepäckfach unterzubringen, ehe Vier die RS-80 in Bewegung setzen musste.

»Du musst dein Zeug auf dem Quad mitnehmen«, sagte Vier. »Ich fahre pünktlich los.«

»Kein Problem«, sagte Neun. »Ich hab dich in ein paar Minuten eingeholt, und vielleicht kann ich dir in der Mittagspause von der Lady erzählen, die ich gestern Nacht kennengelernt habe. Es ist eine rührende Geschichte, versprochen, sehr züchtig. Aber so, wie sie getanzt hat –« Er ahmte andeutungsweise die wiegenden Hüften einer Frau nach und fuhr sich mit den Händen anzüglich über die eigene Taille.

Vier sah auf seine Uhr und wusste, dass die RS-80 jeden Augenblick brummen würde, was sie prompt tat, um zu signalisieren, dass der erste Pod heiß war. »Beeil dich«, sagte er zu Neun. Er kletterte in die RS-80 und schloss die Tür.

VI

ES DAUERTE ZWANZIG MINUTEN, bis Neun auf seinem Quad auftauchte und in einem Wirbel aus rosa Staub winkend auf dem Seitenstreifen vorbeibrauste. Er hatte seinen Helm nicht aufgesetzt, und seine Arme waren nackt, obwohl die Region als Malariagebiet bekannt war. Sein Tempo war halsbrecherisch, und sein Windschatten verschleierte die Luft mit einem unnötigen roten Nebel. Er hatte sein Zelt mehr schlecht als recht hinten auf das Quad gepackt. Als er vorbeifuhr, erkannte Vier durch den Staub hindurch kaum mehr als Neuns breites Lächeln, mit dem er aussah wie ein Teenager, der auf einer geliehenen Maschine einen Strand entlangbrettert.

Deshalb und auch wegen des Besuchs in dem Dorf letzte Nacht überlegte Vier, mit dem Satellitentelefon in der Zentrale anzurufen und eine Ablösung für Neun anzufordern. Er wusste aber, dass er sie damit auf ein Problem aufmerksam machen würde. Die Firma bezeichnete so ein Problem, jedes Problem, als Anomalie, und Anomalien warfen ein schlechtes Licht auf alle Beteiligten. Die Aufgabe des Fahrers war es, Anomalien zu beheben und den Zeitplan einzuhalten. Als Vier bei seinem ersten Einsatz in dem Glauben, gründlich zu sein, gleich am ersten Tag eine Reihe von Anomalien gemeldet hatte, wurde er sanft darauf hingewiesen, dass die Firma seine Aufmerksamkeit für Details zwar zu schätzen wisse, aber nicht über Furchen, Löcher, Rillen oder von Einheimischen gestellte Fragen informiert werden müsse. Von Vier wurde erwartet, dass er derlei Probleme löste und seine Arbeit machte. Anomalien sollten aus der Welt geschafft werden, nicht gemeldet.

Vier nahm sich vor, in der Mittagspause mit Neun zu reden. Normalerweise würde er am zweiten Tag eines Einsatzes keine volle Mittagspause machen, aber in diesem Fall war eine Ausnahme erforderlich. Bei diesem Mann musste er klare Regeln aufstellen. Um sich selbst zu beruhigen, steckte er sich seine Kopfhörer in die Ohren und drückte Play.

Die Straße bot den ganzen Vormittag keinerlei Probleme. Vier kam an weiteren schwarzen Müllsäcken vorbei, an weiteren Strommasten, die nur noch aufgestellt und angeschlossen werden mussten. Er sah kleine Siedlungen auf beiden Seiten und hier und da Spuren von Häusern, die versetzt oder abgebaut worden waren, um Platz für den neuen Highway zu schaffen. Man hatte ihn gewarnt, dass einige Wälder während des Krieges vermint worden waren, und am späten Vormittag sah er an Bäume genagelte Warnschilder mit Totenschädeln und mahnenden Worten in der Landessprache.

Einen halben Kilometer weiter vorne sah Vier den nächsten Pod, und aus dieser Entfernung meinte er, erkennen zu können, dass Leute darauf saßen oder standen. Genau das, nämlich Einheimische von der Straße und vor allem von den Thermopods fernzuhalten, war die Arbeit, für die Neun bezahlt wurde. Aber er war nirgends zu sehen.

Als Vier nah genug war, um die Gestalten auszumachen, sah er, dass es drei Jungs waren, die auf dem Behälter spielten. Vier ließ das Fenster herunter und wedelte mit dem Arm, um den Jungs zu signalisieren, dass sie da wegmussten. Als sie hinuntersprangen, wurden sie augenblicklich von zwei Frauen ausgeschimpft, die die Jungs an den Armen packten und von der Straße wegzogen. Als Vier den Pod erreichte, hob die RS-80 ihn in die Andockstation und trank ohne Zwischenfälle daraus.

Doch als Vier in den Rückspiegel blickte, sah er, dass Neun ihn eingeholt hatte und jetzt von denselben Jungs umringt wurde. Sie fassten das Quad an, und Neun ließ es zu. Neun holte eine Kamera hervor und fing an, Fotos von den Jungs zu machen. Einer von ihnen trug trotz der brütenden Hitze einen lila Schal. Jedes Mal, wenn Neun ein Foto gemacht hatte, zeigte er es den Jungs, und alle lachten. Anscheinend hatten die Jungs noch nie so eine Kamera gesehen, die das Bild sofort anzeigen konnte, nachdem es aufgenommen wurde. Vier überlegte, Neun zu holen, aber dann würde er ihr fröhliches Beisammensein unterbrechen und unweigerlich mit hineingezogen.

Vier blieb in der RS-80 und startete den Motor. Er hatte vor, während der Fahrt in der Kabine zu Mittag zu essen. Als das Fahrzeug sich in Bewegung setzte, blickte

Neun verdutzt auf. Vier machte keine erklärende Geste. Er würde das notwendige Gespräch mit Neun am Abend führen. In diesem Moment beschloss er, dass es eine ernstere Auseinandersetzung werden würde als die, die er für die Mittagspause geplant hatte.

Neun ließ sich erst am frühen Nachmittag wieder blicken, als er über den Seitenstreifen angesaust kam, jetzt ohne Hemd und um den Hals den lila Schal, den Vier an dem Jungen gesehen hatte. In Vorgesprächen riet die Firma dringend von Transaktionen jeglicher Art ab, ob Tauschhandel oder Geldgeschäfte. Die Einheimischen könnten ohne Weiteres behaupten, der Schal wäre gestohlen worden, was die Wahrscheinlichkeit erhöhte, dass unberechenbare örtliche Behörden eingeschaltet wurden. Neun machte einen Schwenk die Böschung hoch und fuhr parallel zur RS-80 und versuchte mit einem breiten Lächeln, Viers Blick auf sich zu lenken. Vier wandte den Kopf nicht in seine Richtung, und Neun fuhr voraus und winkte mit erhobener Hand der Welt in seinem Windschatten zu.

VII

AM SPÄTEN NACHMITTAG hatte Vier achtundzwanzig Kilometer asphaltiert, und die Maschine brauchte eine Pause. Vier schaltete sie ab und suchte sich eine ebene Stelle neben der Straße für sein Zelt. Aus der Ferne hörte er die schwachen Klänge von Gesang – eine Gruppe von Stimmen, die sich harmonisch hoben und senkten. Der Himmel war ein mattes Weiß.

Vier schlug das Zelt auf, legte Schlafsack und Kissen hinein, auf das er seinen Kopf bettete. Die ferne Musik war angenehm, und er fragte sich, woher sie kam. Es klang wie ein Chor, vielleicht religiöser Art, die Stimmen alle weiblich, vermutete er. Er steckte sich seine Kopfhörer in die Ohren und drückte Play, schloss die Augen und machte Pläne. Er wollte beim Abendessen mit Neun reden, doch nach zwanzig Minuten stand er auf und fing an, allein zu essen.

Er aß eine Packung Cracker, zwei Müsliriegel, eine große Tüte Nüsse und eine Handvoll Vitamine, als die ferne Musik plötzlich aufhörte und dann wieder anfing, diesmal lauter. Der zuvor zaghafte Chor klang jetzt kräftiger, wilder. Die Musik und ihr Ursprung hatten Viers Neugier geweckt. Wäre er zu Hause, würde er ihre

Quelle erkunden, aber er konnte die RS-80 nicht unbeaufsichtigt lassen. Um 17.15 Uhr war er mit dem Essen fertig.

Er kroch ins Zelt, um seine Ausrüstung zu überprüfen. Er entrollte sein Bündel und nahm die Plastikpistole heraus, säuberte sie kurz. Als er fertig war, packte er sie wieder ein, und als er das Zelt verließ, sah er über die noch nicht asphaltierte Straße vor ihm eine rote Staubwolke näher kommen. Neun begann zu hupen, sobald er Vier sah. Er hielt grinsend an, das Gesicht rot von Sonne und Staub.

»Hey, du Blödmann! Hab ich das Abendessen verpasst?«

Vier sagte nichts.

»Du hast dir Müsliriegel und Wasser ohne mich schmecken lassen? Und sag ja nicht, ich hab auch die *Cracker* verpasst!«, sagte Neun lachend. Er stieg vom Quad und trabte kurz auf der Stelle, als wollte er die Krämpfe in den Beinen abschütteln. »Nur Spaß. Aber, hör mal, ein Stück die Straße hoch hab ich einen Laden gesehen, wo wir beide hinkönnen, ein richtiges Lokal. Sehr sauber. Sehr sicher. Und ich hab zwei Jungs gefunden, die herkommen und auf unsere Sachen aufpassen können, solange wir weg sind. Ich hab an alles gedacht.«

»Nein«, sagte Vier. »Jetzt setz dich.«

Neuns Lächeln erstarb. »Wie bitte?«

»Setz dich. Ich bin hier der Teamleiter, also setz dich gefälligst. Ich bin dein Vorgesetzter.«

»Du bist der Teamleiter? Du bist mein Vorgesetzter?«

Neun starrte Vier in die Augen. »Das sind faszinierende Behauptungen.«

Vier zog sich der Magen zusammen. Er hatte nicht damit gerechnet, dass Neun seine Autorität infrage stellen würde. Schließlich war das Neuns erster und Viers dreiundsechzigster Einsatz. Eine Rangordnung in ihrem Zwei-Mann-Team war von der Firma zwar nicht festgelegt worden, doch wer von ihnen beiden das Sagen hatte, hätte eigentlich unausgesprochen klar sein sollen.

»Ich muss mit dir über die Arbeit reden, die du machst«, sagte Vier in einem ruhigen Ton.

Neun lächelte wieder. »Hör mal, lass uns in dem Laden was essen und dabei alles bequatschen. Sobald wir da sind, rennen zwei Jungs hierher und passen auf die Fahrzeuge auf. Ich hab sie gestern Abend kennengelernt. Das sind gute Jungs. Ich hab auch ihre Eltern kennengelernt. Ihre Mütter betreiben das Lokal, wo wir hingehen. Einverstanden?«

»Ich gehe nirgendwohin«, sagte Vier. »Ich hab schon gegessen, und ich bleibe bei der Maschine, weil ich vertraglich dazu verpflichtet bin. Ich will kein Essen von hier zu mir nehmen, und du solltest das auch nicht. Du verhältst dich wie ein Kind in den Ferien. Ich habe heute neun Stunden in der Kabine gesessen, und ich habe dich zweimal zu Gesicht bekommen.«

Vier sah zu, wie Neun das zu verarbeiten schien, den Mund öffnete, als wollte er etwas erwidern, sich aber schließlich dagegen entschied. Er ging ein paar Schritte weg, kam dann zurück und schüttelte mit übertriebener, theatralischer Zerknirschung den Kopf.

»Also schön, es tut mir leid«, sagte Neun. »Du hast recht. Du hast wirklich einen schwierigen Job, und du machst deine Sache gut. Ich bin dankbar, und die Leute, mit denen ich gesprochen habe – die sind auch unglaublich dankbar. Du solltest sie mal reden hören! Irgendwann heute kam eine Mutter zu mir, mit ihrem Kind auf dem Arm, einem Jungen, der irgendeine schlimme Infektion im Bein hat. Es sah aus wie Elefantiasis. Sie meinte, sobald die Straße fertig ist, kann sie ihn nach Norden in die Hauptstadt bringen und das Bein behandeln lassen. Ich habe mit einem Ladenbesitzer gesprochen, der meinte, beim alten Straßensystem hatte er während der Regenzeit nichts zu verkaufen und seine Kunden hatten nichts zu kaufen. Es war unmöglich, Waren so weit in den Süden zu schaffen. Aber unser Highway sorgt endlich für Abhilfe. Er wird jede Woche eine neue Lieferung bekommen können, sogar jeden Tag. Weißt du, was er gesagt hat? ›Das ist wie neugeboren werden.‹ Du hast keine Ahnung, wie isoliert die hier sind. Die meisten haben noch nie einen richtigen Arzt gesehen.«

»Das ist ja alles gut und schön«, sagte Vier. »Aber –«

»Hör mal«, fiel Neun ihm ins Wort, »wir müssen nicht zusammen essen gehen. Aber ich möchte, dass du selbst erlebst, was ich gestern Abend erlebt habe. Ich pass auf die RS-80 auf. Du nimmst das Quad. Fahr einfach ein paar Kilometer geradeaus, bis du einen schmalen Weg siehst, der nach Westen führt. Den nimmst du und kommst nach kurzer Zeit durch ein Wäldchen und zu einer Lichtung, und da ist das Dorf.«

»Nein«, sagte Vier.

»Du kannst den alten Mann kennenlernen, den ich getroffen habe. Er trägt einen weißen Hut mit breiter Krempe, eine Art Fedora, und er wird dir die Hand schütteln und dir danken. Er wird dich gut bewirten. Ach ja, und er hat Töchter, die sind ganz schön kokett –«

»Nein. Nein!«, brüllte Vier. Er hatte langsam, aber sicher die Geduld verloren. Neuns Hals zuckte nach hinten, geschockt von Viers Lautstärke. Dann lächelte er, kurz, als wäre er über diesen neuen Gefühlsausbruch amüsiert. »Faszinierend«, sagte er.

Vier schaute in den Wald hinter Neun. Er wusste, dass er sich jetzt beherrschen musste, ehe er etwas sagte, was er bereuen würde. Seine Frau hatte das schon vor Jahren an ihm kritisiert, seine Neigung, eine Lösung durch rasche, schonungslose Durchsetzungskraft herbeiführen zu wollen.

»Entschuldige, dass ich laut geworden bin«, sagte Vier. »Aber der Zeitplan hat für mich absolute Priorität. Die Regierung bezahlt für diese Straße, und die haben eine Parade geplant. Weißt du das eigentlich?« Neuns Gesicht war ausdruckslos. »Sie soll am Zwanzigsten dieses Monats stattfinden«, fuhr Vier fort. »Den Termin müssen wir unbedingt schaffen. Hunderttausende Menschen verlassen sich darauf. Wenn dir die Menschen hier am Herzen liegen, solltest du alles tun, was du kannst, damit wir den Termin einhalten.«

Neun dachte darüber nach, und Vier meinte, in Echtzeit zu sehen, wie ein Mann erleuchtet wird. Endlich schien er seine Handlungen daran auszurichten, wie sie sich auf die Menschen auswirken würden, denen zu helfen ihm angeblich so ein wichtiges Anliegen war.

»Ich verstehe«, sagte er. »Wirklich. Wir schaffen den Termin. Versprochen.« Er spähte mit zusammengekniffenen Augen die Straße hinunter, in die Richtung des Dorfes, wo er mit Vier hingewollt hatte. »Aber du weißt, wie gastfreundlich die Leute hier sind. Ich sollte ihnen wenigstens Bescheid sagen, dass wir nicht kommen. Sonst warten sie die ganze Nacht auf uns.«

VIII

NEUN KAM AN DEM ABEND NICHT ZURÜCK. Vier schaute ihm nach, wie er in der rostfarbenen Dämmerung davonfuhr, angeblich um die Verabredung zum Abendessen abzusagen. Vier kroch ins Zelt, steckte sich seine Kopfhörer in die Ohren und schlief schließlich ein. Einige Stunden später wurde er wach, weil er pinkeln musste, und als er am Straßenrand stand, der Mond eine helle Sichel am Himmel, sah er keine Spur von Neun oder dem Quad. Es war halb vier. Als er bei Tagesanbruch wieder aufwachte und das Zelt öffnete, stand das Quad ordentlich geparkt auf dem Seitenstreifen, und Neun war dabei, sein Zelt zusammenzupacken.

»Mein Vorgesetzter erwacht!«, sagte Neun.

Vier zog sich, ohne zu antworten, wieder in sein Zelt zurück. Im Laufe vieler Jahre hatte Vier die Fähigkeit entwickelt, bei solchen Menschen und Problemen jedes Gefühl abzuschalten. Neun frustrierte ihn seit fast drei Tagen, aber jetzt, da ihm klar war, dass er ihn weder verändern noch kontrollieren noch dazu bringen konnte, in irgendeiner Weise effektiv zu sein, und da er wusste, dass Neun die Arbeit an der Straße im Grunde nicht behinderte – er war lediglich eine Ablenkung –, konnte Vier den Mann und dessen Verhalten außer Acht lassen. Er konnte ihn sozusagen in einen Glaskasten stecken, sodass er nicht mehr zu hören war.

»Willst du wissen, wie es gestern Abend war?«, fragte Neun.

Vier beschloss, dass er es tatsächlich hören wollte, wenn auch nur, weil es hilfreich für den Bericht sein würde, den er nach Abschluss der Arbeiten über Neun schreiben wollte.

»Du hast dir ein leckeres Essen entgehen lassen. Es gab Lamm. Ich hoffe, du weißt, was für eine große Sache das ist, in einer Gegend wie dieser kurz nach einem Krieg Lamm zu essen. Das muss das einzige gottverdammte Schaf im Umkreis von hundert Kilometern gewesen sein. Jedenfalls, die Leute wissen, wie man Lamm zubereitet. Hast du in diesem Teil der Welt schon mal Lamm gegessen?«

Vier rollte seinen Schlafsack zusammen und schnürte ihn fest. Er zog die Stangen aus seinem Zelt, und es fiel zusammen wie eine gelöschte Flamme. Neun machte keine Anstalten zu helfen, sondern folgte Vier am Straßenrand auf und ab, während der sich für den Tag fertig machte.

»Ich hab jedenfalls mehr über die Parade herausgefunden. Weißt du das mit dem Präsidenten und seiner Frau?«

Vier sagte nichts. Er stopfte sein Zelt in die Hülle und ging zur RS-80, um es im äußeren Gepäckfach zu verstauen. Als er sich umdrehte, wäre er fast mit Neun zusammengestoßen, der ihm zum Fahrzeug gefolgt war. Vier ging langsam um die Maschine herum, um sie auf Beschädigungen zu überprüfen. Neun folgte ihm auf den Fersen.

»Anscheinend ist sie während des Krieges bei einem Autounfall ums Leben gekommen. Sie war die erste Frau des Präsidenten, aber er hatte auch noch andere oder irgendein Arrangement mit ein paar Nebenfrauen, oder wie nennt man die? Konkubinen? Konkubinen. Jedenfalls, sie war seine erste Frau, und sie hatten sich schon als Kinder gekannt. Er liebte sie, und sie war so was wie eine Altruistin, und während des Krieges hat sie Opfer der Kämpfe auf beiden Seiten besucht. Ich meine, die Leute, die mir das gestern Abend erzählt haben, waren aufseiten der Rebellen, aber selbst die hatten großen Respekt vor ihr. Das war richtig bewegend.

Dann hatte sie den Autounfall, von dem keiner glaubt, dass es ein Unfall war. Sie hat verwundete Soldaten besucht – Kindersoldaten, sollte ich sagen –, in einem Krankenhaus, das von irgendeiner NGO betrieben wurde. Und als sie das Krankenhaus verließ und auf der Fahrt zum Flugplatz war, ist ein Truppentransporter seitlich in ihren Pick-up gekracht. Dieser riesige Laster hat ihren Wagen zusammengequetscht wie ein Akkordeon. Der Fahrer des Lasters wurde nie gefunden, aber er hatte Zeug von den Rebellen geladen. Hast du von der Sache gehört?«

Vier hatte in dem vorbereitenden Informationsmaterial der Firma etwas über den Vorfall gelesen, dem aber kein großes Interesse geschenkt. Wer in so einem Konflikt wen tötete, ging ihn nichts an, und was immer er in einer Informationsbroschüre las, war wahrscheinlich so weit von der Wahrheit entfernt, dass es kaum sein besonderes Augenmerk verdient hatte.

»Deshalb sind mit dieser Waffenruhe und der Parade so große Hoffnungen verbunden«, fuhr Neun fort. »Ich meine, dieser Präsident – die haben gedacht, er wäre wegen des Todes seiner Frau oder ihrer Ermordung, oder was immer es auch war, nur noch von Zorn und Rachegelüsten erfüllt, aber er hat sich dem internationalen … dem ganzen Friedensprozess unterworfen, und die Kämpfe haben aufgehört. Und die Parade war seine Idee. Er lässt die Straße bauen und hat diese Parade geplant, und ich finde, das ist eine ziemlich große und selbstlose Geste der Versöhnung. Selbst einige von den Rebellen hier unten sehen ihn als eine Art – na ja, nicht als Heiligen, aber als Staatsmann. Als jemand mit Weitblick, der das Verlangen nach Vergebung hat, das man nach so einem schrecklichen Krieg braucht. Ich glaube, deshalb hat er sie zu so einer spektakulären Abrüstung bewegen können. Ich meine, die Rebellen haben alles abgegeben, mehr, als sie hätten abgeben müssen, glaub ich. Jetzt gibt es angeblich eine große vereinte Armee, aber scheiße, kannst du dir das vorstellen? Wann hat das je so gut funktioniert? Jedenfalls das hat mir vor allem diese eine Frau erzählt. Moment, ich hab doch die Frau von neulich Abend erwähnt, weißt du noch? Die züchtige Geschichte, die ich dir erzählen wollte? Die Frau, die so besonders getanzt hat?«

Vier erinnerte sich, dass Neun von so einer Frau gesprochen und ihre Tanzbewegungen nachgemacht hatte. »Nein«, sagte er.

»Tja, aus irgendeinem Grund war sie gestern Abend nicht da. Aber es waren so viele andere da, und eine von ihnen hat mich damit zugelabert. Wir haben alle um ein Feuer gesessen, das sie in einer Art abgesägten Öltonne gemacht hatten. Und rings um das Feuer leuchten die vielen Augenpaare, und alle sehen mich an, während die eine Frau mir die ganze Geschichte von der Frau des Präsidenten erzählt, aber währenddessen hab ich mich gefühlt wie ein kleines Häschen, das von Wölfen umzingelt ist. Das waren alles Frauen, wohlgemerkt, und alle tranken sie Reiswein. In ihren Augen lag ein Hunger, der sich einfach in dich hineinbohrt. Ich hab mich als Sexualobjekt gefühlt, ehrlich.« Neun brachte ein anzügliches Lachen zustande.

»Ich schätze, es liegt an meinem Haar«, sprach er weiter. »Ständig haben sie es angefasst.« Er fuhr sich mit schmutzigen Fingern durch die Enden seines fettigen Haars. »Sie haben andauernd von Filmstars geredet und dass keiner von den Männern hier sein Haar so trägt wie ich.«

Vier stieg in die Fahrerkabine und ließ den Motor an. Er warf einen Blick auf die Anzeigen und vergewisserte sich, dass der erste Thermopod aufgeheizt wurde. In gut zehn Minuten wäre der Asphalt bereit. Er starrte geradeaus auf die unasphaltierte Straße und dachte, er könnte die Tür der Kabine schließen und so wenigstens Neuns unaufhörliches Geschwafel dämpfen.

»Und nach dem Essen ist dann wahnsinnig viel passiert«, fuhr Neun fort. »Jeder bringt mir irgendwelche Sachen. Ich weiß nicht, was sie mir schenken und was sie mir bloß zeigen wollen. Ein älterer Typ will mir ein Foto von irgendeinem Entwicklungshelfer zeigen, den er vor zwanzig Jahren gekannt hat. Ich gehe also zu seinem Haus, und wir sehen es uns an, und er gibt mir was von seinem selbst gebrannten Fusel. Das Zeug riecht übel, ist aber saustark. Es hat geschmeckt wie eine faule Orange.«

Vier zählte die Minuten, bis die RS-80 startklar sein würde. Knapp siebeneinhalb.

»Zwanzig Minuten später hatten wir seinen ganzen Schnaps getrunken und haben Domino gespielt, aber ich konnte ehrlich nicht sehen, was zum Teufel wir da machten. Es war zu dunkel, und meine Augen funktionierten nicht mehr richtig. Und ich schwöre, der Typ schummelt. Nur er und ich spielen Domino, es geht nicht um Geld, und der Typ schummelt. Ich meine, was soll das? Irgendwann wache ich auf, und ich liege mit dem Kopf auf dem kleinen Tisch von dem Typen, so ein kleiner Beistelltisch aus Eisen mit einer Gitterplatte. Ich wache auf, und ich hab eine Schraffur im Gesicht, ja? Und der Typ lacht und lacht über mich. Er lacht dermaßen irre, dass ich echt das Gefühl hatte, ich wär irgendwie in der Hölle gelandet. Und ich kann noch immer kaum was sehen. Ich hab schon gedacht, ich würde blind von dem Fusel, ja? Dann sind wir zurück zu dem Feuer, und es sind gar nicht mehr so viele Leute da. Ein paar von den Mädchen sind inzwischen weg, vielleicht von ihren Eltern nach Hause gebracht. Aber ehrlich, ehe ich wieder bei den anderen am Feuer bin, packt mich auf einmal eine Hand.«

Vier spürte die jähe Umklammerung von Neuns Fingern. Um seine Geschichte anschaulicher zu machen, hatte er die Hand nach oben in die Kabine gereckt und Viers Arm gepackt.

»Lass das«, sagte Vier.

»Ich will dir nur zeigen, wie stark die Frau war. Sie hat mich vom Feuer weggezogen, und sie hat mich regelrecht in die Dunkelheit und Richtung Wald gezerrt, und die ganze Zeit versuche ich zu erkennen, welche von den Frauen am Feuer sie ist. Ich weiß es nicht mal, ja? Ich kann sie nur von der Seite sehen, von hinten, bloß verschwommene Umrisse im Gehen, und das Mondlicht ist schwach. Als wir knapp zweihundert Meter von der Dorfmitte entfernt sind, führt sie mich in so ein Gebäude, das mal eine Schule gewesen sein muss. An einer Wand ist eine Tafel, und der Boden ist übersät mit weißem Papier. Ansonsten ist das Gebäude ausgebrannt – kein Dach, keine Scheiben in den Fenstern, der Boden bloß festgestampfte Erde. Der Boden ist wichtig, denn sobald wir drin sind, zeigt sie nach unten, wo sie eine Matratze oder Matte in der Ecke liegen hat. Sie will, dass ich mich da hinlege, obwohl es aussieht wie eine Fixerabsteige. Da will sie es mit mir treiben.«

Noch zwei Minuten, dachte Vier.

»Ich setz mich also hin, aber ich hab nicht vor, meine Klamotten auszuziehen. Sie setzt sich neben mich und lehnt sich dann an mich, als würden wir ein Picknick machen und auf einen Fluss schauen oder so. Ich fange an, ihr Haar zu streicheln, und sie fängt an zu murmeln, und es hört sich an wie eine schnurrende Katze, bloß viel zu laut, verstehst du? Es ist einfach zu laut an einem stillen Abend in einem Dorf ohne irgendwelche anderen Geräusche ringsum – und wir sind nicht allzu weit weg von den Häusern. Ich höre also auf, ihr Haar zu streicheln, und sie setzt sich wieder auf und schaut mir in die Augen. Ihr Gesicht war höchstens zwei, drei Zentimeter von meinem entfernt, so nah, dass ihre beiden Augen aussahen wie eins. Und in dem Moment merkte ich, dass sie total widerlich aus dem Mund stank.« Neun lachte schallend. Er lachte ein tiefes und echtes Lachen, das in Vier kurz Wut aufbranden ließ.

»Keine Ahnung, ob *sie* das gewusst hat«, fuhr Neun fort. »Ich hab gedacht, *Scheiße, den Mund kann ich unmöglich küssen*. Und in dem Moment hüpft sie einfach auf mich drauf, sitzt rittlings auf mir, als wär ich ein Baum, an dem sie hochrobben will. Ich meine, ich hab kurz keine Luft mehr gekriegt, so fest hat sie mich umklammert. Sie hatte mich im Nu in sich drin. Ich hatte gedacht, sie wäre Jungfrau, aber ausgeschlossen. Sie hat genau gewusst, wo sie mich findet und wo sie mich hintut, und ich muss schon sagen, sie hat mich gespielt wie eine Harfe. Ich meine, sie hat jede Saite zum Klingen gebracht, sie hat aus mir eine Symphonie gemacht. Ich vibriere jetzt noch.«

Die RS-80 war startklar. Vier schloss die Tür, legte den Gang ein und fuhr los. Neun, sein Blick verletzt und überrascht, trat von der Maschine weg und ließ sie passieren.

Der Arbeitstag verlief reibungslos, und genau wie am Vortag beschloss Vier, die Mittagspause durchzuarbeiten und in der Fahrerkabine der RS-80 zu essen. Neun war vorausgefahren, und Vier hatte ihn seit einer Stunde nicht mehr gesehen. Nachdem Vier vorübergehend von dem schwarz verkohlten Wrack eines Jeeps abgelenkt worden war und die Augen wieder nach vorn richtete, sah er einen kleinen Jungen zwanzig Meter entfernt mitten auf der Straße stehen.

Vier löste das Warnsignal der RS-80 aus, einen jaulenden Ton, eher wie eine Krankenwagensirene als eine traditionelle Autohupe. Er rechnete damit, dass der Junge beiseitespringen würde, wie das die meisten Leute angesichts einer riesigen gelben Maschine machen würden. Doch dieser Junge rührte sich nicht. Er war höchstens einen Meter zwanzig groß, und Vier schätzte, dass er um die acht Jahre alt war. Er war barfuß und nackt bis auf ein zerlumptes Shirt und eine graue Unterhose, die einmal weiß gewesen war.

Vier erwog, die RS-80 zu stoppen, wusste aber, dass das eine Reihe von Problemen zur Folge haben könnte – zum Beispiel eine Naht im Asphalt, die selbst mit der verbesserten neuen Maschine nicht zu vermeiden war. Normalerweise würde sie vor einem Halt die Asphaltausgabe langsam reduzieren, und plötzliche Stopps verursachten Fehlstellen. Also fuhr er weiter. Er ließ die Sirene noch einmal aufheulen und schaltete das Licht ein. Doch der Junge rührte sich noch immer nicht. Die Sensoren zeigten an, dass er sieben Meter entfernt war, Vier blieben also keine zehn Sekunden mehr, um den Jungen zu verscheuchen.

Vier öffnete die Cockpittür und winkte dem Jungen. »Weg da!«, schrie er und fuchtelte wild mit den Armen. Der Junge sah ihn an, und Vier war einen Moment lang erleichtert. In den Augen des Jungen schien ein neues Begreifen zu liegen, als wäre er aus einem Tagtraum aufgeschreckt. Vier setzte sich wieder, doch als er erneut auf die Straße schaute, stand der Junge noch immer an derselben Stelle.

Vier drehte die Lautstärke der Sirene höher und schaltete die Beleuchtung auf ein rhythmisches Blinken. Aber der Junge blieb, wo er war.

Vier bremste und stoppte die Asphaltiermaschine, ließ den Motor im Leerlauf tuckern, und auf dem Bildschirm begann ein Countdown ab fünfundvierzig, wonach Vier wieder weiterfahren oder einen kompletten Reset durchführen musste.

Während das Fahrzeug stillstand und vor sich hin brummte, sprang Vier aus der Kabine. Er ging auf den Jungen zu, deutete mit beiden Armen in Richtung des Waldes neben der Straße. Doch der Junge, der seine Aufmerksamkeit auf Vier gerichtet hatte, rührte sich nicht.

Vier blieb nichts anderes übrig, als genau das zu tun, was die Firma streng verboten hatte. Er musste den Jungen entfernen. Als Vier auf ihn zuging, rechnete er nicht damit, dass der Junge irgendwie reagieren würde, doch zu seiner Verblüffung hob der Junge die Arme und ließ sich hochheben.

Der Junge wog praktisch nichts. Von Weitem hatte er unglaublich dünn ausgesehen, wie die meisten Kinder in der Gegend, aber das hatte Vier nicht auf das seltsame Gefühl vorbereitet, ein menschliches Wesen im Arm zu halten, das hohl zu sein schien. Der Junge hatte das Gewicht einer Marionette. Eingedenk der Zeit, die Vier noch blieb, vielleicht zwanzig Sekunden, lief er mit dem Jungen zum Straßenrand, stellte ihn sicher dort ab und hastete zurück in die Kabine.

Als er sich setzte, sah er auf dem Zähler, dass er noch drei Sekunden hatte. Er hatte es rechtzeitig geschafft und ließ die RS-80 wieder anfahren. Als er aufblickte, fürchtete er und rechnete schon fast damit, dass der Junge wieder an derselben Stelle mitten auf der Straße stehen würde. Doch dem war nicht so. Er hatte sich nicht von dort, wo Vier ihn hingestellt hatte, wegbewegt. Und als die Maschine an ihm vorbeifuhr, spürte Vier eine immense Erleichterung, dass der Junge in Sicherheit war, dass die Maschine keinen Reset brauchte und er seinen Zeitplan einhalten würde. Vier winkte dem Jungen in der törichten Hoffnung, dass das, was immer sie gerade getan hatten, jetzt erledigt war, doch der Junge winkte nicht zurück. Er stand nur da und blickte mit der gleichen sonderbaren Neugier wie zuvor in seine Richtung.

Die letzte Stunde des Tages verlief ohne weitere Anomalien. Aber er sah Neun nicht. Als Vier den ersten Pod des nächsten Tages erreicht hatte, schaltete er die RS-80 aus. Er nahm das Zelt aus dem Gepäckfach, fand eine geeignete Stelle auf der Straße und baute es auf. Er entrollte seinen Schlafsack und legte sein Messer und seine Pistole hinein. Er trat aus dem Zelt und hielt Ausschau nach Neun, konnte aber keine Spur von ihm entdecken. Bis Sonnenuntergang war es noch eine Stunde.

Vier kehrte ins Zelt zurück und legte sich hin, um vor dem Abendessen vielleicht ein bisschen zu schlafen. Doch als er die Augen schloss, konnte er nur an den Jungen denken. Ein merkwürdiges Gefühl beschlich ihn, der nagende Verdacht, dass mit dem Kind irgendetwas nicht stimmte oder mit der Situation, in der es sich befand. Vier vermutete sogar, dass der Junge noch immer genau dort stand, wo er ihn zurückgelassen hatte. Und auf einmal kam Vier der Gedanke, dass der Junge sich verirrt hatte, dass er erwartet hatte, Vier würde ihm helfen, zurück zu seiner Familie zu finden. Stattdessen hatte Vier ihn einfach von der Straße getragen und war weitergefahren.

Vier rief sich in Erinnerung, dass es nicht Teil seines Auftrags war, Jungs zu tragen, geschweige denn, sie zurück zu ihrer Familie zu bringen. Andererseits war es erst fünf Uhr, und Vier hatte noch mindestens neunzig Minuten lang Licht. Er hatte schon einmal mit dem Jungen interagiert, es würde also kein größeres Risiko bedeuten, wenn er es ein zweites Mal tat. Er konnte die RS-80 für ein paar Minuten allein lassen, wenn er sie im Auge behielt.

Er baute das Zelt ab, verstaute es im Fahrzeug und ging zurück in die Richtung des Jungen. Der Asphalt war noch warm unter den Füßen, der Haferflockengeruch schwach, aber überall um ihn herum. Als er die ansteigende Straße hinaufging, begutachtete er seine Arbeit und fand sie tadellos. Es war das erste Mal, dass er die fertige Straße richtig in Augenschein nahm – die Inspektion war normalerweise Aufgabe des zweiten Mitarbeiters auf dem Quad –, doch Vier fand es ungemein sinnvoll, die Straße jetzt zu sehen, zu sehen, wie der Asphalt sich setzte und abkühlte. Während er ging, rief Vier sich in Erinnerung, dass die Firma zu regelmäßiger körperlicher Bewegung riet. Er befolgte also gleich zwei Firmenanweisungen – Inspektion und Sport –, während er mit strammen Schritten zurück zu dem Jungen ging, eine Entfernung, die er auf rund zwei Kilometer schätzte.

Nach kurzer Zeit sah er den Jungen. Er stand nicht mehr, sondern saß am Straßenrand, nicht weit von der Stelle, wo Vier ihn zurückgelassen hatte. Der Junge sah Vier näher kommen, bewegte sich aber nicht. Er beobachtete Vier bloß mit seinen intelligenten Augen, bis Vier, der außer Atem war und seinen Overall durchgeschwitzt hatte, bei ihm war.

»Wo wohnst du?«, fragte Vier.

Der Junge machte keine Anstalten zu antworten. Er konnte Viers Sprache nicht verstehen. Vier machte eine Reihe von Gesten – eine Mutter, ein Vater, ein Haus, ein

Bett, Essen, Trinken. Der Junge schaute aufmerksam zu und schien in jeder Hinsicht wach und sogar gewillt zu verstehen. Doch er sagte nichts und stand nicht auf und wirkte beinahe bewegungsunfähig.

Vier sah auf seine Uhr. Es war 17.40 Uhr. Er hatte knapp eine Stunde, um diesem Jungen zu helfen und zur RS-80 zurückzukehren und sein Zelt wieder aufzubauen, bevor es dunkel wurde. Er hatte keine Taschenlampe dabei.

»Da lang?«, fragte er den Jungen und zeigte in den Wald, der eine Seite der Straße säumte. Der Junge nickte.

»Okay«, sagte Vier und musterte die dichten Bäume. Er hatte vor, sich von dem Jungen den Weg zeigen zu lassen und ihn durch den Wald und nach Hause zu tragen. Er nahm den Jungen auf den Arm, wieder erstaunt über die Gewichtslosigkeit des Kleinen, und ging die Böschung hinunter dahin, wo die Bäume anfingen.

»Da durch?«, fragte Vier und zeigte.

Der Junge nickte wieder.

»Gut«, sagte Vier, der jetzt zuversichtlicher war. Es schien nur noch eine Frage der Zeit, bis diese Sache erledigt war. Der Junge hatte die Asphaltiermaschine gehört, war von zu Hause losgelaufen, um sie zu bestaunen, hatte sich verirrt, und jetzt brachte Vier ihn zurück zu seiner Familie. Der Zeitplan war nicht gefährdet, und diese Maßnahme könnte sogar ein positives Licht auf die Firma werfen.

Aber als sie durch die ersten paar Bäume hindurch waren, sah Vier wieder eines von den ominösen Schildern mit gelben Totenschädeln auf schwarzem Grund. Der Wald war vermint. Vier verharrte mitten im Schritt, einen Fuß in der Luft. Er blickte nach unten, suchte nach einem Zünder. Der Boden war mit Nadeln und Blättern bedeckt. Falls hier eine Mine lag, würde er sie nicht sehen.

Es war Wahnsinn, mit einem Kind auf dem Arm weiter durch einen verminten Wald zu irren. Er beschloss, denselben Weg zurückzugehen, den er gekommen war, und wusste, er würde bei jedem Schritt höllisch aufpassen müssen, um die Füße wieder genau dahin zu setzen, wo er zuvor aufgetreten war. Sieben Schritte. Er drehte sich um und trat behutsam mit den Außenrändern der Füße auf, um möglichst wenig Druck auf den Boden auszuüben, rechnete jeden Moment damit, das Klicken einer Mine zu hören, deren Zünder ausgelöst wurde, den tödlichen Splitter-und-Feuer-Ball zu spüren.

Wieder ein Schritt und noch einer. Der Junge war unheimlich ruhig, seine Hand lag sacht auf Viers Schulter. Vier hielt den Atem an und konnte die salzige Haut und das staubige Haar des Jungen riechen. Er wechselte den Jungen von einem Arm zum anderen, ganz vorsichtig, um nicht die Drucklast seines Körpers zu verändern, und machte dann die letzten paar Schritte hinaus ins Licht.

Vier wusste, dass er keine andere Wahl hatte, als den Jungen zu der Stelle zurückzubringen, wo er ihn gefunden hatte. Vielleicht rechnen seine Eltern ja dort mit ihm, dachte er. Vielleicht haben sie ihn Richtung Straße gehen sehen und würden dort nach ihm suchen. Und so trug er den Jungen verlegen, sodass sein Arm als eine Art

Thron für das Kind diente. Er trug ihn zurück zur Straße und die Böschung hoch. Er stellte die kleinen Füße des Jungen, so leicht, wie bei einem neugeborenen Rehkitz, auf den neuen Asphalt und trat zurück. Der Junge sah sich um, als würde er sich orientieren, und dann blickte er Vier an, als wüsste er, dass Vier ihn alleinlassen würde. Er beklagte sich nicht.

Von der Last des Jungen befreit, beugte Vier sich vor und würgte. Er ging in die Knie, nahm ein paar kurze Atemzüge. Er stand auf und lief hin und her und schlug sich auf die Oberschenkel. Die Nähe zum Tod, zu seinem Tod und dem des Jungen, nahm ihn stärker mit, als er gedacht hatte oder als ihm lieb war. *Kontrolle*, verlangte er von sich. *Kontrollier das*, dachte er. *Kontrolle, Kontrolle.* Er drehte sich ein letztes Mal zu dem Jungen um, winkte und ging zurück zur RS-80.

Er holte sein Zelt heraus und baute es auf, aß zwei Müsliriegel und eine Tüte Nüsse, und während er auf Neun wartete, überlegte er, was er ihm sagen würde, wenn er kam. Er stellte sich vor, wie er ihn anbrüllte, entschied sich aber für einen gleichmäßigen, eindringlichen Ton, durchsetzt mit sarkastischen Worten.

Als er sein Zelt aufgebaut und sein Bett hergerichtet hatte, trat er hinaus in die kühler werdende Abendluft und bemerkte erst da, dass er das Zelt im Schatten eines gewaltigen Felsblocks aufgebaut hatte. Er konnte nicht begreifen, dass er den übersehen hatte. Es gab weit und breit keine anderen von dieser Größe. Die Landschaft war bisher flach und frei von Felsen gewesen – Hunderte Kilometer von irgendwelchen Gebirgsausläufern entfernt. Dieser Gesteinsbrocken hatte sich in tausend Jahren nicht vom Fleck bewegt, aber er hatte eine leichte Neigung, die befürchten ließ, dass er jeden Moment ins Rollen geraten und dabei als Erstes Vier zermalmen könnte.

Er wollte sein Zelt versetzen, doch er wusste, das wäre irrational. Er konnte sich nicht abergläubischen und labilen Ängsten hingeben, daher ließ er das Zelt, wo es war. Drinnen öffnete er sein Bündel, überprüfte Messer und Pistole und legte die Waffen unters Kopfkissen und in den Schlafsack. Die ganze Zeit über fluchte er innerlich auf Neun. Es war Neuns Verantwortung, sich um solche Anomalien wie den Jungen auf der Straße zu kümmern. Neun konnte die Sprache und hätte sehr viel leichter in Erfahrung bringen können, woher der Junge kam und was er brauchte. Aber von Neun fehlte jede Spur, und er hatte es Vier überlassen, was nicht nur den Zeitplan gefährdete, sondern auch das Leben des Jungen und das von Vier.

Abgesehen davon, dass er sich verantwortungslos verhielt und seine Pflichten vernachlässigte, ließ Neun Vier nachts allein, was ausdrücklich gegen das Firmenreglement und jedes Sicherheitsverständnis verstieß. Es war immerhin denkbar, dass die Interaktion mit dem Kind von den Einheimischen bemerkt worden war und sie wütend gemacht hatte. Das war einer der Hauptgründe für die strikte Firmenpolitik, keinerlei Kontakt zur heimischen Bevölkerung aufzunehmen. Alle Äußerungen, Gesten und Handlungen konnten missverstanden werden und Verzögerungen, Diskussionen oder gar Vergeltungsmaßnahmen und Gewalt zur Folge haben. Vier hatte selten Angst, aber jetzt malte er sich aus, dass eine Gruppe von Männern käme, die über seinen Umgang mit dem Jungen wütend waren. Sie könnten ehrlich wütend sein oder die Sache als Vorwand benutzen, um ihn zu erpressen. Falls Männer kommen sollten, dann würden sie in dieser Nacht kommen, davon war er überzeugt. Er war der Stelle, wo er dem Jungen begegnet war und ihn getragen hatte, noch so nah, dass es ein Leichtes wäre, ihn zu finden. Wenn Neun da wäre, könnten sie sich zu zweit einigermaßen sicher fühlen. Aber Neun war nicht da.

Unmöglich, mit ihm zusammenzuarbeiten, würde Vier in seinen Bericht schreiben. Er war zu dem Schluss gelangt, dass ein Bericht nach diesem Einsatz unumgänglich war. Er würde die Firma nicht auf die gegenwärtigen Probleme aufmerksam machen, aber später, wenn er zu Hause war, würde er alles ausführlich erläutern. *Lässt es an jeglicher Reife und Ernsthaftigkeit fehlen.* Er würde dafür sorgen, dass Neun nie wieder für die Firma arbeitete. *Außerstande, sich auf die anstehende Arbeit zu konzentrieren.* Vier steckte sich seine Kopfhörer in die Ohren und drückte Play.

IX

ALS VIER IM MORGENGRAUEN ERWACHTE, war es unnatürlich still, und ihm fiel auf, dass er Neun in der Nacht nicht gehört hatte. Er rappelte sich hoch, verließ das Zelt und konnte ihn nirgends entdecken. Das Quad war nicht da.

Normalerweise wäre das alarmierend, aber Vier wusste, dass es wahrscheinlich nichts zu bedeuten hatte. Neun war nicht in Gefahr; er hatte einfach irgendwo anders geschlafen. Vier stand vor dem Zelt und schüttete eine Proteinpackung in eine Tasse Wasser, rührte um und trank. Als er den letzten Schluck nahm, sah er eine Staubwolke von einem steinigen Hang weiter vorne kommen. Neun brauste halsbrecherisch mit dem Quad den Hügel herab und bog auf die Straße. Er trug noch immer den lila Schal, doch sein Helm war weg.

»Hab ich das Frühstück verpasst?«

Vier brachte kein Wort über die Lippen.

»Sorry, dass ich gestern Abend nicht zurückgekommen bin«, sagte Neun. »Ich war gestern Nachmittag nicht weit von hier, praktisch gleich um die Ecke, als ich etwas total Unglaubliches gesehen hab. Eine Gruppe Männer und sogar ein paar Frauen haben versucht, das Wrack eines alten Flugzeugs zu transportieren. Ich glaube, es war aus den 1950er-Jahren. Verstehst du was von Flugzeugen?«

Vier drehte sich um und fing an, sein Zelt abzubauen. Er konnte Neun nicht ansehen.

»Sah aus wie ein alter Bomber«, fuhr Neun fort. »Es muss während des Krieges abgeschossen worden sein. Es lag auf so einem schrägen Felshang, und das ganze Dorf hat versucht, es nach unten auf ebenen Boden zu schaffen. Sie wollten es als Unterschlupf verwenden. Das Ding war so groß, dass dreißig Leute drin schlafen könnten. Ich bin zufällig vorbeigekommen und hab gesehen, was los war, und hab meine Hilfe angeboten. Ich hatte keine Wahl, oder?«

Vier packte sein Zelt ins Gepäckfach der RS-80 und schloss es ab.

»Wir haben also das Quad an den Rumpf gebunden, und knapp zwanzig Männer haben geschoben, und ich hab ordentlich Gas gegeben, und das Ding hat sich tatsächlich von der Stelle bewegt. Es war unglaublich! Wir haben es hundert Meter bis mitten ins Dorf gezogen. Jetzt ist es da die Hauptattraktion. Die Kinder haben drin gespielt, und wir haben einen Fallschirm gefunden, den die Frauen dann zerteilt haben, um Kleidung und Decken draus zu nähen. Echt der Wahnsinn.«

Vier zählte im Kopf die Regelverstöße, die Neun sich bereits geleistet hatte, und gab bei zehn auf. Kontaktaufnahme zur einheimischen Bevölkerung. Zweckentfremdung von Firmeneigentum. Verwendung eines Quad, das die Firma gut achttausend Kilometer hergeflogen hatte, um einen abgestürzten Bomber abzuschleppen? Falls das Quad beschädigt war, würde Neun zu Fuß zur Hauptstadt gehen müssen. Und sein Helm war weg. Dieser Mann war ein Strudel – alle Vernunft wurde von ihm in die Tiefe gerissen und verschlungen.

»Und dann mussten sie natürlich eine große Party veranstalten, um das Ganze zu feiern. Es gab frisches Fleisch. Sie sagen einem nie, was für Fleisch. Und wieder diesen Reiswein. Ich weiß, der ist eigentlich verboten, aber wo du auch hinkommst, es gibt Reiswein. Dieser Wein war anders als der von neulich Nacht. Aber unglaublich stark. Und ich hab wieder die Tochter von jemandem angeboten bekommen! Aber sie war zu jung. Etwa fünfzehn. Schön und groß, und sie haben behauptet, sie wäre noch Jungfrau, aber ich konnte es nicht tun. War das falsch von mir? Ich hatte ein schlechtes Gewissen, deshalb hab ich ihrem Vater meinen Helm gegeben. Ich hab ihnen alles gegeben, was ich konnte.«

Vier schloss die Kabinentür auf. Neun redete immer noch.

»Mann, es war verlockend. Ich meine, wieso eigentlich nicht? Demnächst würde sie sowieso heiraten, oder? Ich wäre auf jeden Fall ein besserer Ehemann als irgend so ein alter Knacker, oder? Nach dem Krieg sind alle jungen Männer hier in der Gegend tot.«

X

WIEDER ASS VIER ZU MITTAG, ohne anzuhalten. Er hatte Neun den ganzen Morgen nicht gesehen und war auf keinerlei Hindernisse gestoßen. Der Tag war bislang ruhig und meditativ verlaufen, die Straße menschenleer und frei. Als er die letzten Tropfen aus seiner Wasserflasche trank, sah er auf dem Bildschirm, dass die Straße sich der einzigen Brücke auf der Strecke zur Hauptstadt näherte. Er spähte mit zusammengekniffenen Augen in die Ferne und konnte schon bald schwach die Umrisse einer Stahlbrücke erkennen, die einen gut vierzig Meter breiten Fluss überspannte. Vier wusste, dass diese Brücke von einer anderen Abteilung der Firma geplant und gebaut worden war, daher hatte er keinerlei Bedenken, sie mit einer vierunddreißig Tonnen schweren Maschine zu überqueren. In anderen Ländern, bei anderen Einsätzen, hatte er Brücken und Überführungen überquert, die von Einheimischen errichtet worden waren, und dabei stets ein extrem mulmiges Gefühl gehabt. Technisches Know-how fand sich nun mal nicht überall auf der Welt.

Als er sich der Brücke näherte, kam der helle Schimmer des träge dahinfließenden Flusses in Sicht. Er war in der Mitte nur gut einen Meter tief, mit steinigen Uferböschungen auf beiden Seiten, an denen Frauen hockten und auf Aluminiumwaschbrettern Kleidung schrubbten. Sobald die RS-80 den Anfang der Brücke erreichte, konnte Vier eine Schar Jungen sehen, die in dem seichten Fluss planschten. Sie spritzten und traten Wasser in die Luft, das in glitzernden Tropfen wie Feuerwerkskörper herabregnete.

Vier dachte an Typhus. Die Typhusgefahr in diesem Gebiet war hoch, und er wollte gar nicht daran denken, dass eines der Kinder womöglich erkranken würde, weil ihm beim sorglosen Herumtollen verseuchtes Wasser in den Mund spritzte. Falls das passierte, welche Hilfe stand ihnen dann zur Verfügung? Von hier bis zur Hauptstadt gab es keine Ärzte.

Einer der Jungen, größer als die anderen, fing an, in Richtung Brücke zu winken. Vier schaute genauer hin und sah, dass es kein Junge war, der da winkte, sondern ein Mann. Ein schlanker Mann mit langen Haaren. Es war Neun. Neun tobte mit den einheimischen Jungen im Wasser herum. Vier blickte den Fluss hinauf und hinunter und entdeckte das Quad am anderen Ufer, wo es bedenklich schief an einem steilen Hang parkte. Neun winkte weiter, als bräuchte er eine Bestätigung, dass Vier ihn gesehen hatte.

Die RS-80 rollte jetzt über die Brücke, und Vier musste sich konzentrieren, aber dieses neue Ärgernis hatte seine Gedanken in Aufruhr versetzt. Alle anderen Verstöße, die Neun begangen hatte, lagen irgendwie noch in einem Spektrum von Verhaltensweisen, die einem Erwachsenen zuzutrauen waren. Aber das jetzt, mitten an einem Arbeitstag in den Fluss zu springen – einen Fluss, der ein enormes Infektionsrisiko barg –, schlug dem Fass den Boden aus. Jetzt konnte Vier ihn entlassen. Dieser Verstoß war ein Kündigungsgrund und bewies, dass das Projekt ohne ihn besser lief als mit ihm. Die Entlassung wäre schnell erledigt, und er würde Einwände dulden. Er würde Neun erlauben, mit dem Quad zurück zum Ausgangspunkt zu fahren. Die Firma würde ihn nach Hause fliegen, wo immer das auch war. Es interessierte ihn nicht, er wollte es nicht wissen.

Vier hatte die Brücke inzwischen überquert und erwartete, Neun eine ganze Weile nicht zu sehen. Doch einige Minuten später raste Neun mit gesenktem Kopf auf dem Quad vorbei. Offenbar in dem Versuch, einen professionellen Anschein zu erwecken, trug er wieder seinen Overall und hatte den lila Schal abgelegt. Er fuhr weiter die noch nicht asphaltierte Straße entlang, bis er außer Sicht war. Vier lächelte, als Neun entschwand.

Am späten Nachmittag sah Vier die erste blaue Plane. Sie tauchte plötzlich inmitten des hohen Gestrüpps auf und sah aus wie ein überdimensionaler Papierdrachen, der in einem Dickicht stecken geblieben ist. Als er näher kam, sah er weitere blaue Planen, die allesamt als Überdachung für provisorische Häuschen und Läden in einem mittelgroßen Dorf verwendet wurden. Die Regenzeit stand bevor, fiel Vier ein. Je näher er dem Dorfkern kam, desto öfter überquerten Leute vor ihm die Straße, als wäre sie bereits fertig und er bloß irgendein Autofahrer.

Der Markt war voller Menschen und Musik. Silbrige Rauchfahnen kringelten sich von kleinen Feuern in die Luft. Motorroller und -räder sausten quer über die Straße und in das Gewimmel auf dem Markt. Vier konnte die RS-80 nicht anhalten, sah aber, dass unweit der Straße bereits unzählige Geschäfte aufgemacht hatten. Seine Arbeit, so schien es, war nahezu überflüssig; die noch unfertige Straße hatte diesen Ort bereits entstehen lassen.

Ein Mann, der besser gekleidet war als die anderen, winkte und signalisierte Vier anzuhalten. Vier zuckte mit den Schultern, um ihm verständlich zu machen, dass er nicht anhalten konnte, daher lief der Mann neben der RS-80 her und signalisierte Vier, er sollte sein Fenster herunterkurbeln. Vier zuckte erneut mit den Schultern, um anzudeuten, dass sich das Fenster nicht öffnen ließ. Der Mann lief geduldig weiter neben ihm her, und jedes Mal, wenn sein Blick den von Vier traf, machte er wieder eine Kurbel-Geste. Vier ignorierte ihn und starrte geradeaus.

Schließlich kam der Mann der RS-80 so nah, dass Vier seine großen, lang bewimperten Augen und sein attraktives, aber wettergegerbtes Gesicht sehen konnte. Vier schätzte ihn auf etwa fünfzig. »Hallo!«, schrie der Mann, um mit seiner Stimme die Scheibe zu durchdringen. »Wie Sie sehen, ist die Straße schon sehr beliebt!« Bei jedem Schritt tanzte auf der Brust des Mannes ein großes silbernes Medaillon, das an einem schwarzen Lederband hing.

Vier sagte nichts. Der Mann lief weiter neben der Maschine her, immer auf Höhe von Viers Fenster. Vier hatte den Eindruck, dass der Mann nichts Besonderes zu sagen hatte – dass er bloß Viers Sprache anwenden und seinen Landsleuten zeigen wollte, dass er sich mit dem Mann, der die Straße baute, unterhalten konnte.

»Brauchen Sie Hilfe bei Ihrer Arbeit?«, fragte der Mann. Er nannte seinen Namen, aber Vier bekam ihn nicht mit. Er wollte den Namen dieses Mannes nicht wissen. Solche Männer boten häufig an, Handlangerarbeiten zu verrichten, die Straße freizuräumen, Wasser zu holen, die Leute von der Trasse fernzuhalten, alles Mögliche, was völlig unnötig war. Manchmal waren diese Männer echte Arbeiter auf der Suche nach einem ehrlichen Job für ehrlichen Lohn. Manchmal waren sie Gauner auf der Suche nach einer günstigen Gelegenheit, nach Schmiergeld. Vier wusste, dass die Menschen in der Region abgesehen von Kleinunternehmertum praktisch keine Einkommensquelle hatten, dass sie Landwirtschaft zur Selbstversorgung betrieben und über die entstehende Regierung nur sporadisch mal Arbeit fanden.

Vier schüttelte den Kopf und blickte geradeaus, tat so, als würde das Asphaltieren der Straße seine ganze Aufmerksamkeit verlangen. Der Mann nahm das unverdrossen hin und lief weiter neben der Maschine her. Sie näherten sich jetzt dem Rand des Dorfes, und die Bauten entlang der Straße wurden weniger.

»In wie viel Tagen sind Sie fertig?«, fragte der Mann.

Vier blickte auf seinen Bildschirm, ohne den Mann zu beachten.

»Wie viel Tage, bis Sie mit der Straße fertig sind?«, fragte der Mann.

Vier sagte nichts.

»Entschuldigung«, sagte der Mann ohne ein Anzeichen von Ermüdung oder Verärgerung. »Die Straße, wie lange, bis sie fertiggestellt ist? Keine Sorge. Ich bin keiner von den früheren Rebellen, der Arbeit sucht.«

Vier hielt acht Finger hoch.

»Ausgezeichnet«, sagte der Mann, der mit ausladenden Schritten ging und in die Ferne blinzelte. »Mit so einer Straße ist es jetzt möglich, Pläne zu machen.«

Vier winkte knapp, um hoffentlich ein Ende der Interaktion zu signalisieren. Stattdessen kam der Mann näher, klopfte ans Fenster und zeigte nach unten. Vier reagierte nicht.

»Ich habe von Ihrer Sorge um den Jungen gehört«, sagte der Mann. Er erwähnte das, ohne irgendwie den Tonfall zu ändern, und ihm schien nicht klar zu sein, wie seltsam sich das für Vier anhörte.

»Er ist der Sohn meines Cousins«, sagte der Mann. »Er hat sich für Ihre Maschine interessiert und wollte sich anschauen, wie sie arbeitet. Er hat gesagt, Sie hätten ihn auf den Arm genommen und in den Wald getragen. Dann zurück zur Straße.«

Vier wusste nicht, was er sagen sollte. Er konnte nicht glaubhaft abstreiten, dass er das getan hatte. Er fragte sich, ob er vielleicht gegen ein lokales Gesetz oder irgendeinen Brauch verstoßen hatte. Das könnte eine kompliziertе Interaktion mit Dorfältesten oder Behörden provozieren.

Vier starrte geradeaus. Bis zum ersten Pod für den nächsten Tag waren es nur noch fünfzig Meter, und eine Wolkendecke verdunkelte den Himmel. Sobald er den Pod erreicht hatte, blieb ihm keine andere Wahl, als anzuhalten. Dem Mann aus dem Weg zu gehen, wäre dann nicht mehr möglich.

Jetzt konnte er sehen, dass zwei Jungen im Teenageralter auf dem Pod standen und Vier zuwinkten, als wäre der Behälter verschwunden gewesen und sie hätten ihn für ihn ausfindig gemacht. Er ließ das Fenster herunter und fuchtelte mit dem Arm, um die Jungen von dem Behälter zu verscheuchen. Sie reagierten nicht. Schließlich ging der Mann entschlossen auf sie zu. Sein Medaillon schwang heftig, als er sie in einem kehligen Ton anbrüllte, der ganz anders klang als der höflich kultivierte, in dem er mit Vier gesprochen hatte. Die Jungen sprangen flugs herunter und liefen weg.

Vier nickte dem Mann zu, dankte ihm aber bewusst nicht, denn das würde implizieren, dass der Mann eine Aufgabe verrichtet hatte, die eine Entlohnung verdient hätte.

Als Vier den Pod erreichte, hielt er an und stellte die RS-80 ab. Weil er den Mann mit dem tanzenden Medaillon meiden wollte, blieb er in der Kabine und tat so, als würde er seine Instrumente überprüfen. Er zog den Kopf ein, versteckte sich fast unter dem Armaturenbrett. Als er sich wieder aufrichtete, stand der Mann neben der Kabinentür, die Hände auf den Hüften, und blickte zurück auf die Straße, die bereits asphaltiert war.

Vier öffnete die Tür und stieg aus.

»Sehr gute Arbeit bisher«, sagte der Mann. »Die Straße ist schwarz wie Lakritz. So eine habe ich noch nie gesehen.«

»Danke«, sagte Vier.

Die Firma bestand darauf, Einheimische zu ignorieren, riet aber davon ab, unhöflich zu sein, weil das wiederum andere Komplikationen nach sich ziehen konnte. Den Mittelweg zu finden, war knifflig.

»Sehr gute Arbeit bisher«, wiederholte der Mann.

Vier nahm sein Bündel aus dem Außenfach am Fahrzeug und suchte sich eine Stelle ein paar Schritte vom Straßenrand entfernt, wo er sein Zelt aufschlagen konnte. Der Mann folgte ihm die ganze Zeit.

»Sie sind hier sicher«, sagte der Mann. »Morgen werden Sie nicht so sicher sein. Das Land weiter vorne ist noch ein wenig umkämpft.« Der Mann zeigte mit einem langen sonnengebräunten Finger die Straße hoch. Vier konnte sein Alter nicht einschätzen. Im Gesicht sah der Mann nicht älter als fünfzig aus, und sein Gang war jugendlich leicht, aber seine Hände sahen aus wie die knorrigen Spitzen eines versteinerten Baums.

Vier zog das Zelt aus der Hülle, und der Mann sah mit großem Interesse zu, wie das Zelt sich mit einem Rütteln und Ziehen allein aufbaute. Vier hoffte, den Abgang des Mannes beschleunigen zu können, indem er ihn ignorierte, doch der Mann machte keine Anstalten zu gehen. Weil er neben der Maschine hergelaufen war und dabei gesehen worden war, wie er mit Vier sprach, und weil er die Teenager von dem Pod verscheucht hatte, war der Mann in den Augen der Dorfbewohner, von denen manche aus einigem Abstand zuschauten, jetzt anscheinend eine Art Partner von Vier.

»Ich grüße Sie«, sagte der Mann. »Die Menschen hier würden Sie gern mit einem Fest ehren. Es wird ein sehr gutes Fest, mit unserem besten Essen. Ein Kalb wird geopfert werden, um Ihre Straße zu feiern. Es wird eins von meinen eigenen Tieren sein, das Beste, das ich habe.«

Es war ein krasser Verstoß gegen die Firmenpolitik, sich auf diese Weise feiern zu lassen, vor allem in einer Region, die von Stammesrivalitäten geprägt war. In einem asymmetrischen Konflikt wie diesem Zeit bei einem Stamm zu verbringen, könnte als Parteinahme gesehen werden, und nichts war gefährlicher.

»Nein, danke«, sagte Vier mit Nachdruck. Schon allein dadurch, dass er mit dem Mann sprach, überquerte er eine rote Linie, das war ihm klar. Bei den letzten Projekten, die er abgeschlossen hatte, war überhaupt kein Gespräch erforderlich gewesen.

»Ich fürchte, die Vorbereitungen haben bereits begonnen«, sagte der Mann. »Es würde unhöflich wirken, die Einladung nicht anzunehmen.«

Vier war skeptisch. Derartige Unwahrheiten hörte er nicht zum ersten Mal. »Ich hab um keine Party gebeten. Ich kann die Maschine nicht allein lassen.«

Der Mann wirkte verblüfft. Er blinzelte in den weißen Himmel. »Meine Leute werden auf die Maschine aufpassen. Sie wird keinen Schaden davontragen«, sagte er. Vier sagte nichts. Der Mann blieb hartnäckig. »Wir müssen unsere Gastfreundschaft zum Ausdruck bringen können. Das ist Teil unserer Kultur. Sonst wird unser Stolz verletzt.«

Vier unterdrückte ein höhnisches Lachen. Jemandem seine Gastfreundschaft aufzudrängen, hatte mit Gastfreundschaft nichts zu tun. »Nein. Nein. Ich kann nicht«, sagte er. »Der Stolz Ihrer Leute ist nicht meine Angelegenheit. Ich bin sozusagen auf der Durchreise. Ich erledige meine Arbeit. Ich möchte hier ignoriert und vergessen werden. Das ist alles. Danke«, sagte er. Er tauchte in sein Zelt und überlegte, den Reißverschluss zuzuziehen, aber das kam ihm zu aggressiv vor. Er legte sich hin, steckte seine Kopfhörer in die Ohren und drückte Play. Er konnte die Füße des Mannes durch die Zeltöffnung sehen, und schließlich sah er sie weggehen. Als er sicher war, dass der Mann verschwunden war, setzte er sich auf und steckte den Kopf nach draußen. Der Mann war noch da.

»Wo ist Ihr anderer Mann?«, fragte der Mann.

Vier hatte die Erfahrung gemacht, dass das normal war: Selbst in Gebieten ohne Telefon und mit praktisch keinem elektronischen Kommunikationsnetz waren die Leute stets genauestens über die Straßenbauteams und den Verlauf ihrer Arbeit informiert. Dieser Mann wusste von der Sache mit dem Jungen, und er wusste von Neun. Es war anzunehmen, dass er auch noch mehr wusste.

»Er sorgt dafür, dass es keine Probleme gibt«, sagte Vier. Er zeigte nach vorne auf die unasphaltierte Straße.

»Sie werden bald sehen, wo heftig gekämpft wurde«, sagte der Mann mit Blick zum fliederfarbenen Horizont. »Da kam es zu den ersten Rebellenangriffen auf Regierungssoldaten. Danach gab es dort viele Schlachten. Eine Region nicht enden wollender Gräuel. Kreativer Gräuel. Es gibt dort noch immer aufständische Splittergruppen.«

Der Mann spielte einen Moment mit seinem Medaillon und kam dann auf das Thema Neun zurück.

»Aber Ihr Mann ist nicht dort. Als ich ihn zuletzt gesehen habe, war er auf einer Nebenstraße unterwegs, in *diese* Richtung«, sagte der Mann und zeigte auf die asphaltierte Straße hinter ihnen.

XI

VIER LEGTE SICH FRÜH SCHLAFEN, zum Teil, um den Mann mit dem Medaillon loszuwerden, der sich noch eine Stunde um das Zelt herumdrückte, ehe er verschwand. Vier wurde um kurz nach zwei vom wahnsinnigen Gekrähe eines Hahns wach. Er kroch aus dem Zelt, um seine Blase zu entleeren, und sah, dass Neun noch immer fort war. Von seinem Zelt und dem Quad war nichts zu sehen.

Die Nacht war still und in Schwarz getränkt. Es gab in der Region kein Stromnetz, daher waren die Nächte unbefleckt von menschlichem Leistungsstreben. Vier blickte hinauf zu einem mondlosen Himmel. Durch die Wolkendecke war nur ein schmaler sternenfunkelnder Streifen zu sehen. Der Hahn krakeelte wieder, und Vier kehrte zurück in sein Zelt, um weiterzuschlafen.

Er wachte im fahlen Licht der Morgendämmerung auf und sah wieder keine Spur von Neun. Er aß zum Frühstück Nüsse und Trockenobst und verstaute sein Zelt in der RS-80. Er hatte vor, bis zum Mittag den Großteil des Pensums eines normalen Arbeitstages zu schaffen. Dann würde er die Maschine abkühlen lassen, um am Nachmittag noch einmal eine zweite, längere Schicht in Angriff zu nehmen. Neuns Abwesenheit war motivierend. Ohne ihn konnte Vier die Arbeit von anderthalb Tagen an einem einzigen bewältigen.

Den frühen Morgen hindurch war er froh, dass der Mann mit dem Medaillon sich nicht wieder blicken ließ. Bereits um acht Uhr hatte er fünf Kilometer ohne Zwischenfälle asphaltiert. Das Laub, das bis dahin als eine smaragdgrüne Kolonnade gedient hatte, verschwand, und das Land öffnete sich zu einer weiten, flachen Ebene frei von Bäumen und übersät mit verrosteten Stahlhaufen – tote Maschinen. Einige waren als ausgebrannte Jeeps und Pick-ups erkennbar. Ein abgestürzter und halb verkohlter Hubschrauber lag mit hängenden Rotorblättern da. Das war das umkämpfte Gebiet, von dem Medaillon gesprochen hatte. Zwei streunende Hunde nagten an einem toten Aasvogel. Hoch in der Luft kreisten Geier, die darauf warteten, an die Reihe zu kommen. Backsteingebäude in der Ferne trugen die weißen sternförmigen Narben von Artilleriefeuer. Allen fehlte das Dach, und die zerklüfteten Mauern ragten unnütz gen Himmel. Inmitten der Zerstörung spielte eine Gruppe junger Männer Volleyball. Sie blieben kurz stehen, um die RS-80 vorbeifahren zu sehen, machten dann weiter. Am Rande des Ortes, ehe die Bäume sich wieder der Landschaft bemächtigten, sah Vier einen großen schwarzen Haufen in der Sonne schimmern. Als er näher kam, erkannte er, dass es ein hoher Hügel aus Plastikmüllsäcken war, wie die, die er immer mal wieder gesehen hatte, seit er die Stadt im Süden verlassen hatte. Bis jetzt hatte er die Säcke nur einzeln gesehen oder aber zwei, drei auf einmal. Dieser kleine Berg aus vollen und ausgebeulten Säcken deutete auf ein höheres Maß an Organisation und Planung hin. Er erinnerte ihn an die Berge aus Autoreifen in den ländlichen Gegenden seines eigenen Landes. Er wusste aber nicht, was mit Bergen wie dem da geschah, und konnte sich nicht vorstellen, welche Art von Maschine irgendwann so einen Hügel beseitigen würde. Vielleicht sollte das die Mülldeponie des Landes werden, dachte er.

Ein lautes Klopfen erschreckte ihn. Jemand hatte gegen das Fenster der Kabine geschlagen. Er wandte den Kopf und sah eine Frau, recht alt, aber resolut. Sie trug einen nachtblauen Umhang, und ihr Haar war unbedeckt und zerzaust. Sie lief neben der Asphaltiermaschine her und klopfte mit einem langen Stock aus poliertem Teakholz gegen das Fenster. Vier blickte nach vorn und wartete, dass sie ermüdete und zurückblieb. Aber sie klopfte nur noch lauter.

Er sah sie an und gestikulierte, dass sie verschwinden sollte. Sie klopfte wieder und zeigte jetzt auf den Berg Müllsäcke. Sie dachte vermutlich, Vier könnte sich irgendwie darum kümmern – dass der Mann, der die Straße asphaltierte, auch einen Müllberg entfernen könnte. Hielt sie ihn für jemanden von der Abfallentsorgung? Er zuckte mit den Schultern und zeigte dann auf die Straße vor ihm. Er tat so, als würde er sich wieder auf die Arbeit konzentrieren, aber sie lief vor die RS-80 und schwenkte die Arme über dem Kopf, um das Fahrzeug zum Anhalten zu bewegen. Er betätigte die Lichthupe und winkte, sie solle da weg. Er war entschlossen, nicht anzuhalten. Einen knappen Meter, bevor die Maschine sie überrollte, gab sie auf und ging mit raschen Schritten auf die andere Seite der Kabine. Sie wedelte wild mit einer Hand vor seinem Fenster und deutete wieder auf den Müllberg.

»Was willst du denn von mir?«, sagte er in der Kabine. Er warf die Hände hoch, damit sie sie sah. Er könne hier absolut nichts machen, bedeutete er ihr, und schließlich wandte sie sich ab und ging zurück in Richtung Wald.

Um die Mittagszeit hatte Vier zwanzig Kilometer fertig, mehr, als er je an einem Morgen asphaltiert hatte, und er hielt vor einem neuen Pod an, um etwas zu essen und die Asphaltiermaschine abkühlen zu lassen. Von Neun fehlte noch immer jede Spur. Vier hatte sich die letzten paar Stunden seinem Zorn auf Neun hingegeben, weil es dessen Aufgabe gewesen wäre, die Begegnung mit der alten Frau zu verhindern, eine Begegnung, die eine sehr große Gefahr für sie selbst und für seine Arbeit hier dargestellt hatte. Wäre die Frau gestolpert und mit einem Arm oder Bein unter die Maschine geraten, wäre das Projekt erledigt und der Terminplan geplatzt gewesen. So konnte das mit Neun nicht weitergehen. Er musste sich irgendeine harte Strafmaßnahme einfallen lassen. Was Neun sich hier leistete, war unerhört.

Vier nahm sich zwei Müsliriegel und stieg aus der RS-80. Er aß die Riegel rasch auf dem abkühlenden Asphalt stehend und steckte die Verpackungen in die Tasche seines Overalls. Ein brummendes Geräusch wob sich in den Stoff des Himmels, und als er aufschaute, sah er hoch oben ein Flugzeug näher kommen. Es schien dem Straßenverlauf zu folgen, und als es über ihn hinwegflog, sah er, dass es ein alter Bomber war, vermutlich aus den 1960er-Jahren – eine der vielen gebrauchten Maschinen, die von der Regierung eingesetzt worden waren, um Dörfer im Süden zu bombardieren. Jetzt, in Friedenszeiten, kontrollierte die Regierung vermutlich, wie die Straßenbauarbeiten vorankamen. Für Vier war es eine Genugtuung, dass sie sehen würden, wie gut er im Zeitplan lag und ihm sogar voraus war.

Auf einer Vitamin-C-Tablette kauend, malte Vier sich aus, wie Neun vor irgendeinem Gericht stand. Vielleicht könnte er dafür verklagt werden, die Firma finanziell geschädigt zu haben. Vielleicht hatte er ja zu Hause Straftaten begangen. Es war nicht ungewöhnlich, dass Kriminelle sich eine Arbeit wie diese hier suchten – weit, weit weg von den Nachstellungen der Polizei oder der Opfer. Vier fand diese Fantasien von Neun vor Gericht so befriedigend wie ein ordentliches Kratzen bei einem Juckreiz.

In der Ferne konnte Vier eine kleine Ansiedlung von strohgedeckten Hütten sehen, einige verstärkt mit Wellblechplatten. Kindergeschrei drang über die Dächer, und er sah die johlenden Gestalten von zwei Jungen, die roten Staub aufwirbelnd von einem Ende des Dorfes zum anderen flitzten. In seiner Nähe hörte er einen dumpfen Schlag und das Platschen von Wasser. Er drehte sich um und sah eine junge Frau, die sich vorgebeugt hatte und eine lange Stange ablegte, an der sie vier volle Wasserkanister getragen hatte.

Sie richtete sich auf und streckte die Arme in die Höhe, gähnte und drehte den Oberkörper, und dann, nach dieser kurzen Pause, ging sie in die Hocke und legte sich die lange Stange wieder quer über die Schultern. Langsam hob sie die Kanister an, doch ehe sie richtig stand, rutschte einer der Kanister aus seiner Kerbe in der Stange, und Vier lief spontan los, um der Frau behilflich zu sein. Die Stange neigte sich gefährlich. Zwei Kanister glitten herab und platschten auf die Erde. Vier sah in den wenigen Sekunden, in denen er auf die Frau zulief, ihre erschrockenen Augen, sah, dass sie sich duckte, sah, dass sie von ihm zurückwich, sah, dass sie drauf und dran war, die Stange samt Kanister fallen zu lassen und zu fliehen.

Er blieb sofort stehen und hob die Hände. Sie wich weiter zurück. Er versuchte, ihr seine Absichten zu erklären. Sie sprach seine Sprache nicht. Idiot, beschimpfte er sich. Irgendetwas an der alten Frau hatte ihn durcheinandergebracht und ließ ihn Dinge tun, die er niemals tun dürfte.

Jetzt, da er nah bei der Frau war, bemerkte er, dass sie sehr viel jünger war, als er gedacht hatte; sie sah aus wie höchstens dreizehn. Sie hatte ein langes Gesicht und eng stehende Augen, kleine Zähne und helles Zahnfleisch. Sie blickte sich verzweifelt um, starrte dann auf das Dorf in der Nähe. Es schien, als wollte sie jeden Augenblick loskreischen.

»Nein, nein«, sagte Vier und machte einen Schritt

nach hinten. Er wich immer weiter zurück, die Hände hoch über dem Kopf – er wusste nicht, warum er das machte –, und er ging rückwärts, bis er an der Maschine war. Er stieg rasch ein, startete den Motor und aktivierte den nächsten Pod. Er blickte stur geradeaus, um dem Mädchen Zeit zu geben, sich unbemerkt aus dem Staub zu machen. Als er sich schließlich wieder zu ihr umdrehte, hatte sie das Dorf schon fast erreicht, die vier Kanister gut ausbalanciert auf den Schultern, obwohl sie sich im Laufschritt bewegte.

Vier beschloss, in der Zentrale anzurufen. Dieser jüngste Kontakt war Neuns Schuld, befand er. Jede Abweichung ging auf das Konto von Neuns Nachlässigkeit. Wäre Neun in der Nähe gewesen, wäre die Frau nicht so nahe gekommen. Vier wäre zeitlich und örtlich gar nicht in diese Lage geraten. Er wollte Neun Gewalt antun, und der Anruf in der Zentrale wäre eine Art von Gewalt. Neun würde dafür entlassen werden. Die Firma würde Vier sagen, er solle den Zeitplan einhalten, sie würden jemanden aus der Hauptstadt schicken, sehr wahrscheinlich per Hubschrauber, um Neun abzuholen. Wieder stellte Vier ihn sich in einem Prozess vor. Es würde keinen Prozess geben, konnte keinen Prozess geben, aber Vier hatte das Bild vor Augen, und das verschaffte ihm Genugtuung. Neun mit gesenktem Kopf, reumütig.

Die Firma würde von Vier allerdings auch wissen wollen, wie es dazu kommen konnte, dass Neun vom Protokoll abgewichen war. Wo war Vier die ganze Zeit gewesen?, würden sie fragen. Und wieso hatte Vier, als Neuns

Vorgesetzter, diese ganze Disziplinlosigkeit erlaubt? Vier würde protestieren, würde erklären, dass Neun trotz seiner Ermahnungen weggefahren war, dass er den Mann nicht kontrollieren konnte. Aber das würde nicht genügen. Viers guter Ruf würde leiden. Vier war für Arbeit ohne Komplikationen bekannt. Ein guter Mitarbeiter meldet keine Probleme; er löst Probleme. Vier beschloss, die Firma doch nicht anzurufen. Schweigen war Klarheit. Schweigen war Macht.

Er nahm sich eine Flasche Wasser, stieg damit aus der Kabine und trank ausgiebig, und in dem Moment kam ihm der Gedanke, dass Neun möglicherweise gekidnappt worden war. Falls dem so war, würden die Kidnapper auch Vier entführen wollen, um Lösegeld zu fordern. Es war ebenfalls möglich, dass Neun von Banditen ausgeraubt und getötet worden war. In einem Land wie diesem war das Quad bestimmt genug wert, um dafür einem Mann das Leben zu nehmen.

Ohne einen Beweis zu haben, wuchs in Vier die Überzeugung, dass Neun tot war, und er beschloss, von nun an doppelt so schnell zu arbeiten, um die Straße möglichst schnell fertigzustellen. Und er würde in der RS-80 schlafen. Der Anblick des Schlachtfeldes früher am Tag hatte ihn stärker erschüttert, als ihm bewusst gewesen war.

Er blickte nach vorne auf die unbefestigte Straße, rostrot und trocken wie Kreide, und schaute dann nach hinten, auf die schwarze Landstraße. Während er dastand und mit zusammengekniffenen Augen in die Ferne spähte, meinte er, ein Motorrad auszumachen, das sich schnell näherte. Er konnte einen Mann darauf erkennen, aber nicht dessen Gesicht. Das Insektenbrummen eines kleinen Dieselmotors durchbrach die Stille.

Vier überlegte, seine Pistole aus dem Fahrzeug zu holen. Er hatte Zeit. Aber er zögerte, und dann war es zu spät; die Bewegung wäre zu plötzlich und zu provokativ. Also blieb er, wo er war, und hob grüßend einen Arm. Der Mann auf dem Motorrad erwiderte den Gruß nicht. Vier überlegte wieder, nach seiner Waffe zu hechten. Doch endlich hob der Mann das Kinn, und die Sonne beleuchtete sein Gesicht. Es war Medaillon. Er winkte Vier mit seiner grauen Hand zu und brachte das Motorrad mit einem Schwenk zum Stehen.

»Ja!«, schrie er. »Ja! Ich habe ihn gefunden. Es gibt Ärger. Er hat mich geschickt.« Medaillon war außer Atem, als er vom Motorrad stieg. Er drückte sich eine Hand auf die Brust, um sein Herz zu verlangsamen. »Ich habe ihn im Zelt gefunden. Sehr krank. Er hat gesagt, er kann sich nicht bewegen. Ich habe ihm gesagt, ich wäre ein Bote von Ihnen. Er hat gesagt, er will dort bleiben, bis es ihm besser geht. Er hat gesagt, es wäre kein Problem.«

»Wie weit ist das von hier?«, fragte Vier.

»Zwanzig, fünfundzwanzig Kilometer«, sagte Medaillon.

»Und er ist allein?«

»Mein Cousin ist bei ihm. Mein Cousin ist bei ihm geblieben und hat mir sein Motorrad geliehen.«

»Er kann sich nicht bewegen?«

»Nein. Er hat kein Hemd an, und er liegt da einfach auf dem Rücken. Seine Augen sind geschlossen. Er hat hohes Fieber. Ich habe ihm etwas Wasser gegeben und Essen an sein Bett gestellt.«

»Was für Essen?«

»Etwas Brot, ein paar Kekse. Ich glaube, er wird wieder gesund. Es sah für mich nach einer leichten Vergiftung aus.«

»Vergiftung?«, fragte Vier. »Sie meinen Lebensmittelvergiftung?«

»Ja, ja«, sagte Medaillon und deutete mit einem alten Finger in seinen Mund.

Vier wusste, dass es am besten wäre, Neun zu ihm bringen zu lassen. Als hätte er Viers Gedanken gelesen, sagte Medaillon: »Ich habe ihn gefragt, ob er mit mir hierherfahren will, aber er hat Nein gesagt, er kann den Kopf nicht heben. Er hat gesagt, ich soll ihn in Ruhe lassen.«

»Er muss hergebracht werden«, sagte Vier.

»Ja, das weiß ich«, sagte Medaillon.

»Haben Sie noch mehr Cousins in der Nähe?«, fragte Vier.

»Ja, viele Cousins«, sagte Medaillon.

Vier fragte Medaillon, ob er mit einem Cousin, zu zweit, auf dem Motorrad zu Neun fahren könnte. Sie sollten, sagte er, eine Art Brett mitnehmen, das sie zur Trage umfunktionieren könnten. Neun würde auf die Trage geschnallt, und diese Trage würde an dem Quad befestigt. Dann würde Medaillon mit Neun auf der Trage das Quad zurück zu Vier fahren.

Während Vier sprach, hatte sich ein verwirrter Ausdruck auf Medaillons Gesicht gelegt. Schließlich sagte er: »Was ist das Quad?«

Vier erklärte, worum es sich bei einem Quad handelte, dass es vier Räder hatte und für die Verwendung im Gelände gebaut war. Er beschrieb es mit anderen Worten – ATV, kleines Auto, breites Motorrad.

»Ach ja, ich kenne diese Art Fahrzeug«, sagte Medaillon. »Aber bei dem Mann ist kein Fahrzeug.«

»Sind Sie sicher?«

Ein neuer, grimmiger Ausdruck legte sich auf Medaillons Gesicht. »Ich glaube, es ist gestohlen. Das ist möglich.«

»Hat er das gesagt?«, fragte Vier.

»Nein, ich habe von diesem Fahrzeug nicht gewusst, bis Sie es erwähnt haben. Deshalb habe ich nicht danach gefragt. Vielleicht weiß er es nicht?«

Vier dachte einen Moment nach. Das Quad könnte gestohlen sein. Doch in ihm keimte der Verdacht, dass das Ganze eine List war und dass Medaillon etwas damit zu tun hatte. Vier versuchte zu durchschauen, was sich hier abspielte, die nächsten paar Schritte vorherzusehen. Mit Sicherheit würde Lösegeld verlangt werden, für Neun, für das Quad.

»Entschuldigung«, sagte Medaillon, »ich weiß, er hat gesagt, er kann allein dortbleiben, aber ich glaube nicht, dass das gut ist. Es kommt nicht häufig vor, dass einem Ausländer hier etwas zustößt, aber der Diebstahl des Fahrzeugs ist ein Problem. Er gibt mir zu denken. Die

Straße bringt neue Leute in diese Gegend, und ihr Verhalten könnte anders sein als unseres.«

Medaillon spielte mit seinem Lederhalsband.

»Ich denke, ich sollte ihn zu Ihnen bringen«, sagte er. »Es ist kein Problem. Es gibt viele Möglichkeiten, ihn zu transportieren.«

XII

VIER STARTETE DIE RS-80 und schloss die Tür. Er verfluchte sich selbst dafür, seinen Instinkten nicht früher vertraut zu haben. Er hätte Neun gleich am ersten Tag feuern sollen. Neun hatte an jenem ersten Morgen gegen wesentliche Vorschriften verstoßen, und trotzdem hatte Vier ihn weitermachen lassen. Es war haarsträubend, das alles – Neuns Verhalten und Viers Untätigkeit.

Die Kabine erwachte vibrierend zum Leben, und Viers Zorn verflog. Ideal wäre es, wenn Medaillon Neun zum letzten Pod des Tages bringen würde. Sie könnten Neun in sein Zelt legen, und Vier würde versuchen, ihn zu diagnostizieren und dann mit den Medikamenten zu behandeln, die er in der RS-80 hatte. Er hatte Antibiotika, Malariamittel; Neun würde es über Nacht schon besser gehen. Vier würde in der Zentrale anrufen, und jemand würde Neun abholen, sehr wahrscheinlich mit einem Hubschrauber. Ganz gleich, wie Neuns Gesundheitszustand war, Vier wollte ihn loswerden.

Dann kam ihm eine blasse Erinnerung an nächtliche Geräusche. An ein Klappern. An jemanden am Fahrzeug. Er war davon nicht aufgewacht, aber die Ahnung wurde jetzt lauter, beharrlicher. Er stellte die RS-80 ab.

Vier öffnete das Fach, in dem sich das Erste-Hilfe-Set befand. Das Fach war leer. Sein Adrenalinpegel schoss in die Höhe. Er öffnete jedes Fach, vergeblich. Das Set war nicht im Fahrzeug. Jemand hatte es weggenommen. Viers Bauchgefühl sagte ihm, dass Medaillon es nicht gewesen war. Medaillon war kein Schauspieler, war zu so einer durchdachten List nicht fähig. Vier wusste, dass es Neun gewesen war. Daran bestand kein Zweifel. Neun hatte irgendeinen Grund gefunden, das Erste-Hilfe-Set mit zu einem seiner Dörfer zu nehmen. Er hatte es verschenkt.

Vier plante, die Firma anzurufen. Er plante, darauf zu bestehen, dass Neun unverzüglich abgeholt wurde. Dafür gab es jetzt zwei Gründe: Er war krank, und er war ein Dieb. Er würde abgeholt werden, und dann würde Vier Anzeige erstatten. Es war eine strafbare Handlung, sich das Erste-Hilfe-Set heimlich anzueignen und sie beide so der Möglichkeit zu berauben, sich in einem Land, in dem die medizinische Versorgung gleich null war, selbst zu helfen. Es war eine schwere Straftat, und er würde alle zur Verfügung stehenden Rechtsmittel gegen Neun einsetzen. Vier hatte noch nie einem anderen Menschen übelgewollt, aber dieser Mann sollte ernste Konsequenzen zu spüren bekommen.

Vier öffnete wieder die Fächer, weil er den Anruf in der Zentrale jetzt gleich erledigen wollte, obwohl er wusste, dass er es nicht tun sollte. Noch nicht. Er wusste, dass er in seiner jetzigen Verfassung niemanden anrufen sollte, dass er mit kühlem Gemüt gegen Neuns Straftaten vorgehen sollte. Aber er befand sich in einem einzigartigen Fugue-Zustand, in dem er zwar wusste, dass er überstürzt handelte, aber die damit verbundene Rache so voll und ganz genoss, dass er sich nicht bremsen konnte.

Er suchte das Satellitentelefon, konnte es aber nicht finden. Er fand den Werkzeugkasten – dessen Hartschalenkoffer ähnlich aussah – und öffnete ihn, obgleich er wusste, dass das Telefon nicht darin sein würde. In blinder Wut öffnete er jedes Fach viermal und fand kein Telefon. Er warf die Schusswaffen und Messer und das Bargeld beiseite. Er räumte die Leuchtraketen und Taschenlampen aus den Fächern. Und mit wachsender Beklemmung begriff er, dass auch das Telefon weg war. Neun hatte das Telefon genommen und verschenkt.

Vier versuchte sich zu beruhigen und atmete bewusst langsam. Jetzt dachte er kurz daran, Neun umzubringen. Durch den Diebstahl des Erste-Hilfe-Sets und des Telefons hatte er Vier in große Lebensgefahr gebracht. Er hatte ihn dem Tod sehr viel näher gebracht, als er es mit diesen Sicherheitsvorkehrungen gewesen war; es war, als hätte er Vier an den Rand eines Abgrunds gefahren. Das kam praktisch einem Mord gleich, und deshalb war es nicht irrational, dass Vier selbst mit dem Gedanken spielte, einen Mord zu begehen. Es war logisch. Es war konsequent.

Er musste arbeiten. Er musste sich beherrschen und etwas tun, daher startete er die Maschine und arbeitete den Nachmittag durch, besänftigt durch den geraden Verlauf der Straße, die unbeirrt durch Grasland und kurz unter einem Baldachin aus gequälten Eichen hindurchführte. In gesprenkeltem weißem Licht bemerkte Vier zu seiner Rechten ein Fahrzeug, das auf dem Randstreifen fuhr. Es war Medaillon, der zusammengekrümmt in der Kabine eines winzigen dreirädrigen Fahrzeugs saß, eines Tuk-Tuks mit einer kleinen Ladefläche. Parallel zu ihm fuhr ein anderer Mann auf einem Motorrad, das Gesicht ernst vor Entschlossenheit. Medaillon deutete auf die Ladefläche hinter sich und beschleunigte, damit Vier dort eine Gestalt sehen konnte, die mit einer Plane bedeckt war. Es war Neun. Seine Arme und Beine waren steif, und sein Gesicht war grau, die fest geschlossenen Augen zur Sonne gewandt. Er war so blass und starr wie ein Toter. Neun war also tot. Vier zog sich der Magen zusammen, und er begriff, dass er Neun nicht tot wollte, dass ein toter Neun viel schlechter wäre als ein ineffizienter und herumstreunender Neun. Schließlich öffnete sich Neuns Mund wie bei einem Ertrinkenden, der nach Luft schnappt. Er lebte.

Vier bremste die RS-80 kurz ab, um Medaillon zu sagen, er solle Neun zum nächsten Pod bringen. Medaillon willigte ohne Weiteres ein, und erst als Vier die Asphaltiermaschine wieder in Bewegung gesetzt hatte, fragte er sich, warum Medaillon das alles machte. Irgendwann würde er garantiert eine Entlohnung verlangen. In Medaillons Schuld zu stehen, erhöhte die Wahrscheinlichkeit weiterer und möglicherweise schlimmerer Komplikationen erheblich. Es war riskant, sich in einem

Post-Konflikt-Gebiet wie diesem auf Finanztransaktionen einzulassen. Keine Absprache war endgültig; alles war dehnbar. Und hatte erst einmal Geld den Besitzer gewechselt, würde sich herumsprechen, dass Neun Bares bei sich hatte, und die Probleme würden kein Ende nehmen.

In den letzten Stunden des Tages asphaltierte Vier elf Kilometer, ohne Störungen und allein, bis der nächste Pod in Sicht kam. Einer der Sensoren zeigte an, dass der Farbbehälter der RS-80 nahezu leer war, und Vier vergewisserte sich mit einem Blick nach hinten, dass die doppelte gelbe Linie noch gleichmäßig satt aufgemalt wurde. Er sah zwei Fahrzeuge in schnellem Tempo näher kommen, und er musste unwillkürlich an einen Strauß welkender Rosen denken. In jedem Laster waren sechs oder sieben Männer, und jeder trug ein rotes Barett. Vier hatte seit seiner Abfahrt in der Stadt im Süden keine Männer in Uniform mehr gesehen und ging prompt davon aus, dass er bei ihren Absichten eine Rolle spielte. Die Laster kamen die Straße heraufgerast, und die Männer waren offensichtlich bewaffnet. Er geriet nicht in Panik. Er kannte die Wahrscheinlichkeiten, und er kannte seine Optionen.

Er ließ die RS-80 weiterlaufen. Anzuhalten wäre ein Fehler, ein Zugeständnis, ein Eingeständnis. Er rutschte ein Stück tiefer in seinen Sitz, damit sie nicht mitbekamen, dass er nach einer Waffe griff. Er öffnete den Kasten unter dem Sitz und nahm die Pistole und schob sie sich unter den linken Oberschenkel. Er tastete nach einer

Granate und schob sie sich unter den rechten Oberschenkel, und die ganze Zeit wurden die Laster lauter, bis es sich anhörte, als wären sie direkt hinter ihm.

Er blickte in den Rückspiegel und sah, dass sie nur noch fünfzig Meter entfernt waren, aber die Geschwindigkeit gedrosselt hatten. Er hielt sie für eine Rebellensplittergruppe. Sie hatten vor, ihn zu kidnappen, vermutete Vier. Oder sie wollten Vier gefangen nehmen und die Asphaltiermaschine zerstören, um dem Präsidenten zu trotzen. Aus seiner tiefen Sitzposition beobachtete Vier weiter, wie sie näher kamen. Auf beiden Lastern zusammen waren zwölf Männer, aber jetzt konnte er sehen, dass ihre Gesichter seltsam entspannt wirkten. Einige plauderten, lachten. Nur der Fahrer blickte geradeaus.

Vier war für sie bloß eine alltägliche Mission, eine banale Entführung, vermutete er. Er dachte noch einmal über seine Pistole und die Granate nach. Er würde mit Sicherheit sterben, wenn er versuchen würde, eine der Waffen zu benutzen. Er versuchte, die Granate wieder zurück in den Kasten unter dem Sitz zu legen, kriegte ihn aber nicht auf. Er öffnete eines der Fächer am Armaturenbrett und warf sie hinein, dann nahm er die Pistole und steckte sie in seinen Overall. Sie würden ihn filzen und die Pistole finden, aber sie würden es ihm nicht verübeln, dass er sich bewaffnet hatte. Jetzt wartete er.

Er überlegte, wo sie ihn festhalten würden, während sie mit seiner Firma über Lösegeld verhandelten. Er würde erst mal versuchen, sich selbst freizukaufen, und wenn sie sich nicht darauf einließen, würde er ihnen verraten, für welche Firma er arbeitete und wie sie sie erreichen konnten. Die Angelegenheit könnte in wenigen Tagen erledigt sein oder Monate dauern. Es waren schon Mitarbeiter jahrelang festgehalten worden. Er warf wieder einen Blick in den Spiegel, überzeugt, dass sie inzwischen dicht hinter ihm waren und ihn jeden Augenblick zum Anhalten zwingen würden, doch stattdessen fuhr der erste Laster von der Straße herunter und auf eine Sandpiste, die im rechten Winkel vom Highway wegführte. Der zweite Laster folgte, und Vier sah die zweite Ladefläche, ebenfalls voller Männer mit roten Baretts, die Böschung hinunterfahren und im Wald verschwinden. Kurz darauf tauchte von der Baumgrenze her ein Militärhubschrauber auf, legte sich schräg in die Kurve und folgte ihnen.

Vier erreichte den letzten Pod am frühen Abend. In der Stunde, nachdem die Laster ihn beinahe eingeholt hatten, war er ganz durcheinander gewesen – sein Körper ruhig, aber sein Kopf ein einziges Chaos. Er konnte keinen klaren Gedanken fassen. Er hatte sich ihre Pläne und seine drohende Entführung so lebhaft vorgestellt, dass die Realität, in der er unversehrt war und einfach in der Kabine der RS-80 saß und seine langsame Arbeit an der Straße fortsetzte, viel weniger plausibel war. Er rechnete damit, dass die Rebellen zurückkamen. Er rechnete damit, aus der Kabine gezerrt und gefesselt zu werden. Doch stattdessen hatte er den letzten Pod erreicht, die Maschine ausgeschaltet und war aus eigener Kraft aus der Kabine gestiegen. Ein kleines Stück entfernt sah er Neuns Zelt am Rand der Bäume aufgebaut. Ein Mann stand neben dem Zelt, der Mann, der Medaillons Tuk-Tuk auf dem Motorrad begleitet hatte. Er nickte Vier zu und deutete auf das Zelt. Es stand offen, und Vier konnte Neuns ausgestreckte Beine und Medaillon sehen, der neben ihm kniete. Fäkaliengeruch erfüllte die Luft. Jemand hatte ins Zelt geschissen, da war er sicher. Vier hatte widerstreitende Impulse. Er wollte wissen, wie krank Neun war und welches Mittel helfen könnte. Er wollte wissen, ob Neun das Erste-Hilfe-Set und das Telefon gestohlen und verschenkt hatte. Er wollte wissen, ob Neun irgendetwas über das Verschwinden des Quad wusste. Aber er hatte zugleich keinerlei Wunsch, Neun zu sehen, aus Furcht vor seiner eigenen Wut.

Medaillon kam aus dem Zelt.

»Er ist sehr krank«, sagte Medaillon.

»Typhus«, sagte Vier.

»Oder Malaria. Oder eine bakterielle Infektion. Oder irgendetwas anderes. Sie und ich sind keine Ärzte.«

Vier unterdrückte einen Zornesausbruch. Neun war durch eigenes Verschulden krank geworden und hatte alle Optionen eliminiert, ihm zu helfen.

»Die Fahrt hierher war nicht gut für ihn«, sprach Medaillon weiter. »Er hatte unterwegs Stuhlgang und dann noch einmal, als wir hier waren. Sein Bauch ist stark geschwollen.«

Medaillons Freund stand am Tuk-Tuk und wischte mit einem Lappen die Ladefläche sauber. Neuns Anwesenheit und die animalische Kraft seiner Ausscheidungen holte Vier wieder in den Augenblick zurück.

»Nicht weit von hier ist eine Krankenstation«, sagte Medaillon. »Eine ausländische Frau leitet sie, sie spricht Ihre Sprache. Ich glaube, der Mann braucht ihre Hilfe. Er braucht Antibiotika. Wir können hinfahren, und mein Cousin passt auf das Fahrzeug auf.«

»Aber wir hatten Antibiotika«, sagte Vier. »Hat er Ihnen das gesagt? Haben Sie irgendwelche Medikamente gesehen? Hat er sie Ihnen vielleicht gegeben?«

Medaillon blickte sehr verwirrt. »Nein, nein. Er hatte diese Medizin? Wo? Haben Sie sie noch?«

»Nein«, sagte Vier, und jetzt wusste er, dass er Medaillon vertrauen konnte. Der Mann sprach direkt. Er blickte Vier in die Augen. Seine Reaktionen waren echt. Er wusste weder etwas von dem Quad noch von den Medikamenten, dessen war sich Vier sicher. Alles, was Neun verloren hatte, hatte er ganz allein verloren. Vier erklärte, dass in dem Fahrzeug Medikamente gewesen waren, aber dass Neun sie wahrscheinlich verschenkt hatte.

»Dann fahren wir zu der Krankenstation«, sagte Medaillon, die langen Finger an seinem kantigen Kinn.

Die Neuigkeit, dass in der Nähe eine Krankenstation war, verlieh Vier enorme Kraft. In der Krankenstation würde es Ärzte geben, vielleicht jemanden aus seinem Teil der Welt. Er würde alles durchsprechen können. Er könnte Informationen darüber erhalten, wer die Rebellengruppe war. Er könnte vielleicht einen Tag dortbleiben. Vielleicht könnte er Neun sogar in der Krankenstation lassen. Ja, dachte er. Neun war krank, und er könnte ihn bei den Ärzten lassen, die ihn aus ethischen Gründen nicht abweisen konnten.

»Ich habe zwei Lastwagen gesehen«, sagte Vier. »Sie waren voll mit bewaffneten Männern in Uniform. Es waren keine Uniformen, die ich kannte.«

»Ich kenne diese Männer sogar«, sagte Medaillon. »Sie sind bloß Opportunisten. Banditen, die sich als Politiker ausgeben. Kauf dir zwei Lastwagen und ein paar Visitenkarten, und schon hast du eine Rebellenbewegung. Sie sind kein Grund zur Besorgnis.«

»Sie sind mir sehr nahe gekommen«, sagte Vier.

»Und sie haben Ihnen kein Haar gekrümmt«, sagte Medaillon.

Die RS-80 unbeaufsichtigt von Firmenpersonal zu lassen, war streng verboten, daher schlug Vier vor, dass Medaillon Neun im Tuk-Tuk zur Krankenstation brachte.

»Es gibt keine Straße von hier zur Krankenstation«, sagte Medaillon. »Nur einen schmalen Pfad. Das Tuk-Tuk ist zu breit dafür. Aber wir können das Motorrad nehmen. Sie fahren mit mir, und wir holen die Ärztin her. Ihr Freund sollte nicht noch einmal transportiert werden, denke ich. Mein Cousin wird bei ihm und der Maschine bleiben.«

Vier sagte sich, dass er die RS-80 streng genommen ja nicht unbeaufsichtigt lassen würde. Neun, ein Mitarbeiter der Firma, würde ja bei ihr bleiben. Wieder verfluchte er Neun und die Situation, die er verursacht hatte. Er konnte ihn nicht sterben lassen, denn das würde schlussendlich auf Vier zurückfallen. Er hatte keine andere Wahl, als Hilfe zu holen, aber dafür würde er mit einem Fremden auf einem Motorrad in die Wildnis fahren und die RS-80, eine Maschine von unschätzbarem Wert, ebenso zurücklassen müssen wie Neun. Falls Vier sich in Medaillon täuschte, würden Medaillon und sein Gefährte Vier und Neun im Handumdrehen beseitigen und mit der Asphaltiermaschine und allem, was drin war – den Waffen und dem Bargeld – machen können, was sie wollten.

»Wie weit ist es?«, fragte Vier.

»Nicht weit«, sagte Medaillon. Er saß bereits auf dem Motorrad.

Vier ging zum Zelt und steckte den Kopf hinein. Wieder attackierte ihn der Geruch, seine animalische Gewalt. Er hielt den Atem an und bemerkte, dass Neun ganz so aussah wie eine Leiche, die Arme neben dem Körper, die Hände geöffnet und bleich. Sein Gesicht war ölig und ausdruckslos. Vier kroch ins Zelt, die Nase in sein Shirt gedrückt, und legte einen Finger unter Neuns Nasenlöcher. Er spürte ihn ganz schwach ausatmen. Neuns Hilflosigkeit, die Tatsache, dass er den Einsatz all dieser Männer für seine Rettung in Anspruch genommen hatte, entfachte ein neues Feuer in Viers Lunge.

»Hast du unsere Medikamente weggegeben?«, fragte er.

Nichts deutete darauf hin, dass Neun hören oder reagieren konnte.

»Falls du sie gestohlen hast, war das eine Straftat. Und vielleicht hast du damit dein eigenes Schicksal besiegelt. Du könntest sterben. Verstehst du? Verstehst du die Konsequenzen deines Handelns?«

Neuns Augen blieben geschlossen. Vier verließ das Zelt.

»Das ist mein Cousin«, sagte Medaillon, und Vier schüttelte Medaillons Cousin die Hand. Anders als Medaillon, der groß und dünn war, mit hohen Wangenknochen und Katzenaugen, war Cousin kleiner und rundlicher, mit einem flächigen Gesicht und kleinen runden Augen, die im Fleisch steckten wie die Knöpfe in einem Kissen. Er sagte nichts zu Vier.

»Er spricht Ihre Sprache nicht gut«, erklärte Medaillon. »Aber er wird auf den Mann und das Fahrzeug aufpassen. Er war Soldat im Krieg. Er ist sehr tüchtig.«

Medaillon startete das Motorrad und rutschte auf dem Sitz ein Stück nach vorn, um für Vier Platz zu machen. Vier schwang ein Bein über den Sitz, und Medaillon brauste in den Wald, schlängelte sich auf einem Pfad, den Vier nicht erkennen konnte, zwischen niedrigen Bäumen hindurch.

Der Boden war bucklig und trocken und die Fahrt sehr holprig. Medaillon musste regelmäßig abbremsen und das Motorrad um eine enge Kurve herum oder einen jähen Hang hinunterschieben. Viers Arme und Beine schrammten regelmäßig an den harten Zweigen der niedrigen Büsche entlang. Dreißig Minuten waren vergangen, als Vier fragte, ob sie bald da wären.

»Nicht mehr weit«, sagte Medaillon.

Nach einer weiteren Stunde – die Sonne war untergegangen, und es wurde rasch dunkel – sahen sie weiter vorn ein durchbrochenes Mosaik aus Licht durch den Wald schimmern. Medaillon drehte sich zu Vier um, vergewisserte sich, dass er es auch gesehen hatte.

»Die Krankenstation.«

Als sie näher kamen, sah Vier, dass das Gebäude nicht größer als ein Wohnwagen war, aber für diesen Teil der Welt verhältnismäßig luxuriös aussah. Es war neu und das Grundstück gepflegt. Auf dem Dach befand sich eine Satellitenschüssel.

Als sie darauf zugingen, knirschten ihre Füße auf einem Weg aus kleinen polierten Steinen. Drinnen guckten zwei Leute Fußball auf einem großen Bildschirm. Medaillon klopfte an die Tür, die blechern schepperte. Keine der beiden Gestalten rührte sich. Medaillon klopfte noch einmal.

»Kommt in einer Stunde wieder«, sagte eine Frauenstimme. »Barcelona spielt.« Und dann stieß sie ein tiefes rauchiges Lachen aus. Vier spähte durch die Fliegengittertür und sah eine Frau mit blonden Haaren auf der Couch vor dem Fernseher sitzen. Er konnte ihr Gesicht nicht sehen. In dem Polstersessel neben ihr blickte ein Mann, dessen dunkelhaariger Kopf im Profil zu sehen war, abwechselnd die Frau und den Fernseher an, als wäre er unsicher, ob sie wirklich vorhatte, die Besucher zu ignorieren.

»Entschuldigung?«, sagte Medaillon.

»Wir haben geschlossen!«, sagte sie.

Vier nahm an, dass sie nur scherzte, dass sie jetzt aufstehen und an die Tür kommen würde. Doch die Frau blieb, wo sie war, und guckte weiter Fernsehen. Medaillon blickte Vier an, als bräuchte er dessen Bestätigung, dass sie weitermachen sollten. Vier nickte.

»Entschuldigen Sie, Ma'am«, sagte Medaillon. »Wir haben hier einen Kranken.«

»Wie krank?«, fragte sie, stand aber noch immer nicht auf. Der Mann neben ihr sagte nichts. Er blickte zur Tür und dann wieder die blonde Frau an, ehe er seine verunsicherte Aufmerksamkeit erneut auf das Spiel richtete.

»Das wissen wir nicht, Miss«, sagte Medaillon. »Er hat sich seit zwei Tagen nicht bewegt.«

»Wahrscheinlich Lebensmittelvergiftung«, sagte sie.

»Ich fürchte, es ist schlimmer«, sagte Medaillon. »Die Symptome sind wie bei Typhus.«

Endlich wandte sie sich zur Tür, um zu sehen, wer da mit ihr sprach. Sie musterte Vier kurz, blickte dann Medaillon an. »Der sieht doch ganz fit aus.«

»Das ist nicht der Kranke«, sagte Medaillon.

Die Frau hatte sich wieder zum Fernseher umgedreht. »Wo ist er denn?«, fragte sie.

»Etwa zehn Kilometer westlich«, sagte Medaillon.

»Unser Wagen ist kaputt«, sagte sie.

»Ich kann Sie zu ihm bringen«, sagte Medaillon.

»Wer ist er?«, fragte sie.

»Er arbeitet an der neuen Straße. Das hier ist sein Kollege«, sagte Medaillon und deutete mit dem Kopf auf Vier. »Sie bauen den Highway zur Hauptstadt.«

Vier ging davon aus, dass die Frau nach dieser Information schneller handeln würde, doch das Gegenteil war der Fall.

»Tja, wir sind nicht hier, um ausländische Bauarbeiter zu behandeln. Unser Mandat ist die reproduktive Gesundheitsvorsorge für einheimische Frauen und die ärztliche Betreuung von Neugeborenen und Kindern.« Sie nahm einen großen Plastikbehälter mit Wasser von dem Tisch vor ihr und trank daraus.

»Aber ich habe gesehen, dass Sie in den Dörfern auch anderen geholfen haben«, sagte Medaillon. »Sie haben meinem Cousin Medizin gegeben.«

Jetzt stand die Frau auf und kam an die Fliegengittertür. Sie war höchstens dreißig und hatte ein glattes ovales Gesicht und kleine Augen, eine blonde Bubifrisur, die fest auf ihrem Schädel saß wie ein Helm. Ihr T-Shirt empfahl den Verzehr einer bestimmten Sorte Grünkohl. Sie blieb auf der anderen Seite der Tür stehen, ihr Gesicht grau hinter dem engmaschigen Aluminiumgitter.

»Das war eine Ausnahme«, sagte sie. »Ich bin nicht autorisiert, die Bauchschmerzen von ausländischen Bauarbeitern zu behandeln. Und wahrscheinlich ist es ohnehin nicht behandelbar. Und ich kann dafür nicht zehn Kilometer fahren.«

Jetzt kam der andere Entwicklungshelfer an die Tür und blieb hinter der Frau stehen. Er war groß und mit schwarzer Hose und weißem Hemd gekleidet wie ein Missionar.

»Missus«, sagte Medaillon. »Es ist eigentlich nicht nötig, dass Sie zu dem Patienten fahren. Wenn Sie uns Antibiotika geben, können wir sie ihm selbst verabreichen. Wir haben beide Erfahrung darin.«

Nun verzog sich der Mund der Frau zu einem durchtriebenen Lächeln. »Das hört sich allmählich ziemlich faul an«, sagte sie. »Praktischerweise haben Sie den Patienten nicht mitgebracht. Sie wollen nicht, dass ich ihn sehe, aber Sie wollen, dass *ich Ihnen* Medikamente gebe. Und die verabreichen Sie *selbst?*« Ihre Augen blitzten belustigt. »An wen wollen Sie die denn verkaufen, nur so aus Neugier? Ach, und verraten Sie mir doch, wie viel Geld Sie dafür kriegen. Ich sollte vielleicht wissen, was der Markt bringt.«

Medaillon blickte zu Boden und antwortete mit einem empörten Grollen in der Stimme. »Missus. Wir verkaufen die Medikamente nicht.«

Vier beschloss, dass es an der Zeit war, sich einzuschalten. »Doktor«, sagte er, obwohl er vermutete, dass sie keine Ärztin war.

»Ich bin keine Ärztin«, sagte sie. »Und wie sind Sie eigentlich an dem Wachmann vorbeigekommen?«

»Der Wachmann hat die Dringlichkeit der Lage erkannt«, sagte Medaillon.

»Schwester –«, setzte Vier an.

»Ich bin keine Schwester«, sagte sie.

»Bitte!«, blaffte Medaillon. Seine Augen hatten sich

vor Zorn geweitet. Vier streckte die Hand aus, um ihn zu beruhigen, drückte die Fingerspitzen auf Medaillons Unterarm. Die Arzthelferin hatte die Arme vor der Brust verschränkt, eine herausfordernde Haltung, aber ihr Kinn bebte.

»Okay«, sagte Vier ruhig, »wir sind an einem großen Bauprojekt in der Region beteiligt –«

»Dann lassen Sie doch Ihre eigenen Ärzte einfliegen«, sagte sie.

»Das können wir beim nächsten Mal machen. Aber vorerst –«

»Aber vorerst haben Sie sich gedacht, Sie nutzen erst mal diese Krankenstation für Ihre Zwecke? Wie heißt Ihre Firma?« Sie sagte das, als hätte sie vor, bei Viers Geschäftsführung offiziell Beschwerde einzureichen.

Jetzt war für Vier Schluss mit Nettigkeiten. »Miss. Sie verhalten sich lächerlich irrational. In dieser Region gibt es keine Ärzte und Medikamente. Aber Sie haben Medikamente. Nicht weit von hier ist ein Mann sehr krank. Wenn ich mich nicht irre, verpflichtet Sie Ihr hippokratischer Eid, diesem Mann zu helfen. Sie verstoßen gegen jede ethische Norm.«

Die Frau lächelte nicht mehr. »Wenn Sie sich noch einmal hier blicken lassen, melde ich Sie bei der hiesigen Polizei, den Behörden in der Hauptstadt *und* bei der UNO. Sie werden sich über Jahre vor Überprüfungen nicht retten können, und ich weiß, wie sehr es Ihren Firmenbossen missfällt, so unter die Lupe genommen zu werden.«

Sie schloss die Fliegengittertür und dann eine zweite, undurchsichtige innere Tür. Sie zog das Rollo des einzigen Fensters herunter, und alles Licht im Gebäude erlosch bis auf das grüne Glimmen des Fernsehapparats.

XIII

MEDAILLON FUHR AUF DEM RÜCKWEG LANGSAMER, und Vier wurde schon bald klar, dass ihnen jeden Moment der Sprit ausging. Das Motorrad stotterte und hustete trocken und ging aus.

»Tut mir leid«, sagte Medaillon. »Ich dachte, wir würden es schaffen.«

Vier fragte, wie weit es noch war, und Medaillon schätzte, dass sie einen einstündigen Fußmarsch vor sich hatten. Sie schoben abwechselnd das Motorrad auf dem Pfad, der ohne das Scheinwerferlicht fast unsichtbar war. Medaillon trottete gleichmäßig dahin und blickte gelegentlich zu der Wolkendecke am Himmel hinauf, als hoffte er, dass sich eine Lücke auftun würde und die Sterne oder der Mond zum Vorschein kämen und ihnen eine gewisse Orientierung lieferten.

»Es tut mir sehr leid«, sagte Medaillon wieder. »Passen Sie auf, wo Sie hintreten.«

Der Pfad senkte sich an einer Stelle, wo er das rissige Bett eines ausgetrockneten Wasserlaufs überquerte.

»Nein, nein. Sie sind eine große Hilfe. Ich weiß das wirklich zu schätzen«, sagte Vier.

»Ich helfe aus Eigennutz«, sagte Medaillon. »Ich will

selbst, dass diese Straße fertig wird. Meine Frau ist krank, habe ich Ihnen das erzählt? Sie hat ein Problem mit der Leber. Nur in der Hauptstadt kann ihr geholfen werden. Sie braucht vielleicht eine Transplantation. Vor der Straße dauerte die Fahrt zum Krankenhaus in der Stadt vier Tage in einem überfüllten Bus. Das hätte meine Frau nicht geschafft. Aber wenn die Straße fertig ist, kann ich sie in meinem Tuk-Tuk hinbringen. Rauchen Sie?«

Vier verneinte. Medaillon lachte.

»Ich dachte, ich kann vielleicht eine Zigarette von Ihnen bekommen. Ich glaube, Ihr Freund könnte Zigaretten haben, oder?«

»Ich weiß es nicht«, sagte Vier. »Ich glaube nicht.«

»Ach, schauen Sie«, sagte Medaillon und zeigte auf den Mond, der aus den Wolken auftauchte. Jetzt, da die Landschaft erhellt wurde, korrigierte Medaillon leicht ihren Kurs und schob das Motorrad weiter.

»Der Junge ist übrigens wohlauf«, sagte Medaillon. »Den Sie getragen haben. Aber irgendetwas stimmt nicht mit seinem Kopf. Im Krieg gab es so viele medizinische Probleme bei den Babys. Die Hebammen und Krankenschwestern sind in den Norden gegangen, weil es dort Arbeit gab, deshalb wurden die Babys hier ohne Hilfe geboren, und es gab Komplikationen. So viele rätselhafte Krankheiten.«

»Gestern wollte ich einer Frau helfen, die Wasser getragen hat«, sagte Vier. »Sie hat Angst bekommen und ist weggelaufen.«

»Ja, wahrscheinlich wollte sie das nicht. Es ist nämlich nicht akzeptabel, dass ein Mann wie Sie eine Frau allein so anspricht. Es sind so viele schlimme Dinge passiert während der Kämpfe. Die Männer, sie nehmen die Frau viele Male. Sie nehmen sie einfach.«

»Sie haben sie vergewaltigt?«

»Ja, sie vergewaltigen sie.«

Medaillon lächelte Vier an, als wollte er sich für diese Vergewaltigungen entschuldigen, dafür, dass er Vier davon erzählen musste.

»Die meisten jungen Frauen verstecken sich. Aber wenn sie gefunden werden, werden sie vergewaltigt. Manchmal machen die Soldaten es zum Vergnügen. Manchmal machen sie es, um irgendeinen Mann zu bestrafen. Sie vergewaltigen die Ehefrau oder Schwester oder Tochter.«

Vier wollte nicht länger darüber sprechen. Aber Medaillon deutete sein Schweigen so, dass er ausführlicher werden sollte.

»Die Frau mit dem Wasser, die Sie getroffen haben, sie hat Angst davor, was Sie tun könnten. Sie will nicht von Ihnen vergewaltigt werden. Wahrscheinlich ist sie schon vergewaltigt worden. Manchmal ist es ein Nachbar, der vergewaltigt. Er hat die Frau schon immer begehrt und sieht den Krieg als eine Möglichkeit, sie zu bekommen. Sogar meine Frau wurde auf diese Weise von einem Nachbarn vergewaltigt. Und dann wurde der Nachbar getötet. Es tut mir leid, dass die Frau mit dem Wasser Ihre Hilfe nicht angenommen hat.«

»Schon gut. Macht nichts. Das mit Ihrer Frau tut mir leid.«

»Sie konnten sich hier verstecken«, sagte Medaillon laut und machte eine ausladende Handbewegung über das unwegsame Gelände, das dicht bewachsen und felsig war. »Das hat vielen von uns im Krieg geholfen. Auch Männern und Kindern. Wir haben uns zu Millionen versteckt. Es gibt so wenige Straßen, so schmale Wege. Die Armee der Regierung konnte nicht zu uns, konnte uns nicht finden. Aber jetzt sind wir bereit für dieses Jahrhundert. Es gibt noch immer einen alten Hass zwischen uns und denen, aber die Straße wird das beenden, glaube ich. Die Straße bringt Verständnis, glaube ich. Waren Sie früher schon einmal in diesem Land?«

Vier verneinte.

»Wenn die Arbeit fertig ist, kommen Sie dann noch einmal wieder?«, fragte Medaillon. »Sie haben bei meiner Frau und mir ein Zuhause.«

Vier war noch nie an einen Ort zurückgekehrt, wo er einen Auftrag erledigt hatte. »Nein«, sagte er. »Ich komme nicht wieder.«

»Ja, ja.« Medaillon lachte. »Gott liebt einen ehrlichen Mann. Passen Sie auf, wo Sie hintreten.«

Ein großer Plastiksack lag auf ihrem Weg. Vier wäre beinahe draufgetreten. Es war einer von diesen schwarzen Säcken, die er überall in der Landschaft gesehen hatte. »Was ist in diesen Säcken?«, fragte Vier. »Ich habe überall so welche gesehen.«

»Der Müll des Krieges«, sagte Medaillon verächtlich.

»Aber ich habe in diesem Zusammenhang eine Frage an Sie.«

»Okay.«

»Es ist eine schwierige Frage, glaube ich.«

Medaillon ging einige Augenblicke schweigend weiter, das Gesicht gequält, als suchte er nach den richtigen Worten.

»Was ich Sie fragen möchte, ist Folgendes«, sagte er schließlich. »Glauben Sie, Sie könnten mir bei einem Universitätsabschluss helfen?«

Vier war verwirrt. »Ihnen helfen, einen Abschluss zu bekommen? Ich versteh nicht recht, was Sie meinen?«

»Ich habe von Möglichkeiten gehört, durch Korrespondenz einen Universitätsabschluss zu machen«, sagte Medaillon. »Ich muss hierbleiben, aber vielleicht kann ich an einer von Ihren Universitäten auf diese Weise studieren, mit Briefen in der Post. Verstehen Sie? Ist das eine Möglichkeit?«

Vier erwiderte, wenn er wieder zu Hause wäre, würde er versuchen, Medaillon alle diesbezüglichen Informationen zu schicken, die er finden konnte.

»Sehr gut, sehr gut«, sagte Medaillon.

»Aber ich muss Sie fragen«, sagte Vier, »wo ist der Zusammenhang zwischen Ihrer Frage und meiner nach den Müllsäcken?«

»Ohne den Krieg und seinen Müll«, erklärte Medaillon, »wären Sie nicht hier.«

XIV

ALS SIE ZUR RS-80 ZURÜCKKEHRTEN, schimmerte bernsteingelbes Licht in Neuns Zelt, und die Silhouette eines sitzenden Mannes malte sich auf der Zeltwand ab. Vier hatte für einen kurzen Moment den Eindruck, dass Neun sich erholt hätte, doch als er mit Medaillon ins Zelt kroch, sah er Cousin neben Neun knien, eine Hand flach auf dessen Brust. Er sagte rasch etwas zu Medaillon.

»Er kontrolliert seinen Herzschlag«, sagte Medaillon. »Er war im Krieg eine Zeit lang Sanitäter.«

Obwohl Vier Zweifel an Cousins Fähigkeit hatte, Neuns Herz mit so einer Methode zu beurteilen, merkte er, dass er auf eine Diagnose wartete. Cousin wurde seiner Rolle gerecht. Er lauschte einen Moment und nickte dann. »Schlecht«, sagte Cousin.

»Sie sprechen meine Sprache«, bemerkte Vier überrascht.

»Etwas«, sagte Cousin.

»Wir haben von der Krankenstation keine Hilfe bekommen«, sagte Medaillon zu ihm.

»Morgen wieder hinfahren«, sagte Cousin mit Nachdruck. »Sie ändert Meinung.«

»Nein. Sie wird nur noch fester entschlossen sein, uns nicht zu helfen«, sagte Vier. »Sie wird nur noch sturer und aggressiver sein.«

Cousin sagte rasch etwas zu Medaillon, und Medaillon schien ihm zuzustimmen. »Er sagt, wir können einheimische Medizin finden«, sagte Medaillon. »Es gibt einige gute Leute. Vielleicht fünfzehn Kilometer von hier. Bei den Sümpfen.«

Sie knieten alle um Neun.

»Wir fahren heute Nacht und kommen morgen zurück«, sagte Medaillon und kroch aus dem Zelt. Vier folgte ihm. Medaillon und Cousin zapften ein paar Liter Benzin vom Tuk-Tuk ab und füllten es in den Tank des Motorrads. Vier wollte nicht mit Neun allein sein. Sein Zustand würde sich wahrscheinlich verschlechtern. Er hatte kein Erste-Hilfe-Set, keine Instrumente, keine medizinischen Kenntnisse. Aber er konnte diese Ängste den beiden Männern, die ihm halfen, nicht vermitteln. Medaillon startete das Motorrad, und Cousin stieg hinter ihm auf.

»Sie behalten das Tuk-Tuk hier«, sagte Medaillon und gab Vier den Fahrzeugschlüssel. »Wenn der Mann Hilfe braucht, folgen Sie der fertigen Straße bis zu uns. Ich glaube, Sie kennen den Weg, ja?« Er lächelte.

Vier sah, wie Medaillon und Cousin davonfuhren. Er kroch wieder ins Zelt und kämpfte gegen den Geruch an und setzte sich im Schneidersitz neben Neun, erstaunt über das ungewöhnliche Vertrauen, das Medaillon soeben an den Tag gelegt hatte. Er hatte das Tuk-Tuk zurückgelassen. Er verbrachte eine Nacht auf der Straße, um einen Medizinmann zu finden.

Vier hatte Medaillon so viele niederträchtige Motive und Pläne unterstellt, und jetzt hatte Medaillon sich als der bessere Mann erwiesen. An jedem Ort der Welt gab es Kriminelle, gab es Intriganten und Feiglinge. Und überall gab es Männer wie Medaillon, die sich entschlossen für eine gute Sache einsetzten. Die Last seiner falschen Verdächtigungen, das Gewicht seiner oberflächlichen Einschätzungen versetzten Vier in einen Zustand völliger Erschöpfung, und obwohl er vorgehabt hatte, sein eigenes Zelt aufzubauen, merkte er, dass er nicht mehr die Kraft dafür aufbrachte. Er legte sich hin, den Kopf neben Neuns Füßen, und ließ sich vom Schlaf übermannen.

XV

AM MORGEN WAR NEUNS ZUSTAND UNVERÄNDERT. Vier beugte sich über ihn und kontrollierte seinen Atem, der noch immer flach war. Er schnupperte an Neun, ob Anzeichen von Gelbsucht oder Nierenversagen zu riechen waren, fand aber, dass er ganz normal wie ein Kranker roch, der seit Tagen nicht gebadet hatte.

Das helle Jaulen eines Motorrads tönte durch die Luft. Vier kroch aus dem Zelt und wartete auf der Straße, bis er Cousin sah, der angerast kam. Als das Motorrad fast bei ihm war, erkannte er, dass auf dem Soziussitz noch ein Mann saß. Es war nicht Medaillon.

Cousin stellte das Motorrad ab und schüttelte Vier die Hand. Der zweite Mann, deutlich älter als Cousin, trug ein langes Gewand und einen Filzhut. Er hatte einen modernen Nylonrucksack umgeschnallt.

»Medizin«, sagte Cousin und deutete auf den älteren Mann, der jedoch keine Zeit für Vier hatte. Er ging schnurstracks zum Zelt und kroch hinein.

»Mein Cousin zu Hause«, sagte Cousin. »Frau krank.«

Vier und Cousin folgten dem Medizinmann ins Zelt, wo sie ihn neben Neuns aschgrauem Kopf knien sahen. Nachdem er Neun untersucht und kurz mit Cousin gesprochen hatte, öffnete der Mann eine kleine Plastikflasche, die er mitgebracht hatte und die eine milchige Flüssigkeit enthielt, und versuchte, sie Neun an den Mund zu halten. Neun war zu schwach, um den Kopf zu heben. Der Arzt schüttete etwas von der Flüssigkeit auf ein Stück Stoff und drückte es Neun an die Lippen.

Der Medizinmann war ungemein geduldig. Er brauchte eine halbe Stunde, um Neun einen Fingerhut voll von der Flüssigkeit einzuflößen. Es gab ein paar leise Anzeichen dafür, dass Neuns Körper die Tinktur annahm und mehr wollte. Der Mann machte noch ein Weilchen weiter und schaffte es, Neun ein paar Esslöffel einzuträufeln.

Schließlich schloss Neun den Mund und drehte den Kopf weg. Der Medizinmann sprach eine Zeit lang mit Cousin, ohne Vier anzusehen. Sein Tonfall klang ungehalten, als wäre er zu spät zu dem Patienten gebracht worden, um ihm noch helfen zu können. Er deutete auf Neun und dann auf Vier, zeigte seine unteren Zähne, die allesamt schief und entzündet waren. Als er zu Ende geredet hatte, wandte Cousin sich mit mitfühlenden Augen an Vier, als wollte er sich für den scharfen Ton des Mannes entschuldigen.

»Mann sehr krank«, sagte Cousin. »Wir fahren. Mein Cousin kommen wieder.« Cousin und der Medizinmann stiegen rasch auf ihr Motorrad, und ehe Vier Einwände erheben konnte, waren die beiden Männer verschwunden.

Vier war allein mit Neun, der, wie er jetzt einsehen

musste, ein sterbender Mann war. Nachdem er eine Weile bei ihm im Zelt gesessen hatte, dessen Wände im Licht der aufgehenden Sonne leuchteten, spürte er einen ungewohnten Druck in den Augen. Seine Kehle wurde trocken. Er hatte nicht mehr geweint, seit er ein Junge war, und würde auch jetzt nicht weinen. Aber die Hilflosigkeit überwältigte ihn. Er konnte Neun nicht allein lassen, aber wenn er blieb und Neun hier starb, was dann? Er würde ihn neben der Straße begraben und weitermachen, ja, aber dann würde Vier gefeuert, bestraft und an den Pranger gestellt werden. Wie kann ein Mann einen anderen Mann sterben lassen, während er eine Straße asphaltiert? Die Firma würde einen enormen Imageschaden in der Region und weltweit erleiden. Der Fertigstellungstermin würde nicht eingehalten werden und die Parade nicht stattfinden können.

Vier kroch aus dem Zelt und trat auf die Straße. Ein Hahn krähte. Ein kleines, tief fliegendes Flugzeug zog eine akkurate weiße Linie hinter sich her, die in den wolkenlos blauen Himmel ausfranste und damit verschmolz. Vier beschloss, dass er Neun nicht allein lassen und auch nicht weiter an der Straße arbeiten würde, bis er einen Plan hatte, wie es mit Neun weiterging. Er konnte einen Tag opfern. Und er glaubte, dass Medaillon zurückkommen würde.

Vier setzte sich an den Rand des schwarzen Highways und streckte die Beine an der abschüssigen Böschung aus. Er steckte sich seine Kopfhörer in die Ohren, und in der wärmenden Sonne wurde er ruhiger und schicksalsergebener. Er konnte nicht viel tun, um Neun zu retten. Dass er krank geworden war, hatte er sich ganz allein zuzuschreiben. Hunderttausende waren im Bürgerkrieg dieses Landes gestorben, und die Welt hatte sich kaum dafür interessiert. Jetzt hatte sich irgendein abenteuerlustiger Vollidiot selbst verschuldet eine Krankheit zugezogen und zahlte dafür den Preis.

Vier dachte wieder darüber nach, wie er Neun beerdigen würde. Es müsste in der Nähe der Straße sein, beschloss er. Oder wäre es würdevoller und eher im Einklang mit Neuns Sympathie für die Einheimischen, wenn er Medaillon erlaubte, ihn irgendwie auf traditionelle Weise zu bestatten? Vier kannte die hiesigen Bräuche nicht. Er konnte sich nicht erinnern, einen Friedhof gesehen zu haben. Vielleicht würden sie ihn verbrennen. Es gab keine richtige Antwort, dachte Vier, und es spielte ohnehin keine große Rolle. Er würde tot sein, und niemand, den Neun je zu Hause gekannt hatte, würde in ein Land wie dieses kommen, um seinen verbrannten oder begrabenen und verwesenden Leichnam zu besuchen.

Aus südlicher Richtung tauchte ein dunkles Objekt auf, dessen Form in der Hitze der Straße flimmerte. Als es näher kam, sah Vier, dass es ein Fahrzeug war, das sich schnell bewegte. Er stieg in die Fahrerkabine der RS-80 und wartete, schaute durch die Rücksichtkamera. Er rechnete damit, dass das nahende Fahrzeug ein weiterer Rebellenlaster war, doch schließlich erkannte er eine blaue Limousine, die mit kleinen Rebellenflaggen bestückt war. Der Wagen, dessen Fahrer hinter getöntem Glas nicht auszumachen war, bremste ab und kam zehn Meter von der Asphaltiermaschine entfernt zum Stehen. Die hintere Tür auf der Beifahrerseite öffnete sich, und ein großer Mann in Militärkluft stieg aus.

Vier hatte seine Pistole hervorgeholt und schob sie in den Overall. Er entschied sich dafür, im Fahrzeug zu warten. Das demonstrierte, dass er ein Profi war, ein integraler Bestandteil des Fahrzeugs.

Das Gesicht des Soldaten tauchte unter dem Fenster auf. Er war ein großer Mann von etwa vierzig und trug eine zusammengewürfelte Uniform. Die Hose war grün, Hemd und Jacke waren grau, und sein Barett war genauso mattrot wie bei den Männern, die Vier auf dem Laster gesehen hatte. Er trug drei Sterne auf den Schultern, und Vier hielt ihn für einen General. Seine katzenhaften Augen waren groß und standen weit auseinander, und sie starrten Vier gelassen an, bis der das Fenster herunterließ.

»Ich nehme an, Sie sind im Zeitplan«, sagte der Mann. Seine Stimme war tief und heiser, als hätte er die ganze letzte Nacht geschrien. Er spähte mit zusammengekniffenen Augen die unfertige Straße hoch, obwohl eine verspiegelte Sonnenbrille, deren Gläser vollkommen rund und makellos waren, am obersten Knopfloch seiner Uniform hing.

»Ja«, sagte Vier.

»Ich nehme an, es gab bislang keine Störungen?« Jetzt schaute der General nach hinten, als könnte er einen

Blick auf vergangene Zwischenfälle erhaschen, die die Asphaltierung womöglich behindert hatten.

Vier hütete sich, irgendwelche Kontakte zur Bevölkerung zu erwähnen. Es konnte nichts Gutes dabei herauskommen, wenn er einen Rebellenführer in seine Arbeit miteinbezog.

»Überhaupt keine«, sagte Vier.

»Ausgezeichnet«, sagte der General. »Es war meine Aufgabe, dafür zu sorgen, dass die Trasse frei ist, und Störungen vonseiten der Bevölkerung zu verhindern. Ich bin erleichtert, dass Ihre Arbeit bislang ohne Verzögerung vonstattengegangen ist. Wie Sie wissen, ist es ungeheuer wichtig, dass die Parade wie geplant stattfinden kann.«

»Wir werden den Zeitplan einhalten«, sagte Vier.

»Sie sind allein. Sie haben einen Partner, ja?«

»Er fährt voraus und sieht nach dem Rechten«, sagte Vier. Es war eine kleine Lüge, die das geringe Risiko barg, dass der Mann gegenteilige Beweise hörte oder sah.

»Falls Sie irgendwelche Probleme haben, kontaktieren Sie mich«, sagte der General und holte eine Visitenkarte mit abgegriffenen gerundeten Kanten hervor. Er stieg wieder in seinen Wagen, und der Fahrer machte einen Schlenker an der RS-80 vorbei, um dann die unfertige Straße hinauf in Richtung Hauptstadt davonzubrausen.

Cousin und der Medizinmann waren noch keine zwei Stunden weg, als Vier wieder das hohe Sirren des Motorrads hörte. Doch diesmal war es Medaillon, und Vier spürte, dass sich ein strahlendes Lächeln auf seinem

Gesicht breitmachte. Auch Medaillon lächelte, obwohl seine Augen und die zerfurchte Stirn seine Verwirrung verrieten.

»Geht es dem Patienten besser?«, fragte Medaillon. Er ging zum Zelt, und Vier begriff, dass er Viers Freude missverstanden hatte.

»Nein, ich glaube nicht«, sagte Vier. »Ich hab mich bloß gefreut, dass Sie wieder da sind.«

Medaillon hatte sich umgezogen und trug jetzt ein leuchtend gelbes Hemd. Er blieb vor dem Zelteingang stehen. »Der Medizinmann hat gesagt, dass Ihr Freund sehr krank ist. Er konnte ihm nicht mehr helfen, hat er gesagt. Ich glaube, wir brauchen Antibiotika oder noch stärkere Medizin von der Frau in der Krankenstation.« Medaillon blickte in die Ferne, die langen Finger an sein scharfkantiges Kinn gelegt. Er wandte sich mit einem traurigen Lächeln wieder Vier zu. »Ich habe mir deshalb etwas überlegt. Aber die Idee wird Ihnen nicht gefallen.«

»Lassen Sie hören«, sagte Vier.

»Die Krankenschwester wird Ihnen die Medizin nicht geben wollen, aber es gibt andere Möglichkeiten, sie zu bekommen.«

»Cousin?«, fragte Vier, der sich denken konnte, dass Cousin als Exsoldat es schaffen könnte, in die Krankenstation einzubrechen.

»Cousin? Nein, nein«, sagte Medaillon. »Mein Cousin stiehlt nicht. Aber es gibt andere Männer.« Es schien, als würde sich Medaillon die Sache durch den Kopf gehen lassen, dann atmete er rasch aus, als sein Entschluss feststand. »Ich glaube, es ist das Richtige«, sagte er. »Es ist die einzige Möglichkeit.«

Medaillon fuhr mit dem Motorrad davon, um seine Männer zusammenzutrommeln, und Vier war wieder mit Neun allein. Es war Mittag und drückend heiß. Vier hatte die Zeltklappen offen gelassen, und doch war die Luft im Innern feucht vor menschlichem Zerfall.

»Medaillon ist unterwegs, Medizin besorgen«, sagte Vier zu Neun. Neun reagierte nicht. Vier ersparte es sich, noch etwas zu sagen. Den ganzen Tag über befand sich Neun in einem katatonischen Zustand, atmete schwach und hatte die Augen halb geöffnet. Vier hatte noch nie einen Mann sterben sehen, aber Neun sah fast genauso aus wie die Fotos, die er von Männern auf dem Totenbett gesehen hatte, mit Augen, die sich in den Schädel zurückzogen wie eigenständige Wesen, die aufgaben, ehe der größere Kampf verloren war. Seine Lippen waren rissig und hatten einen gespenstischen lila Rand.

Vier konnte sich kein anderes Ende als den Tod dieses Mannes vorstellen, in diesem Zelt und wahrscheinlich noch am selben Tag. Aber Medaillon war hoffnungsvoll gewesen, oder nicht? Als er losgefahren war, hatte Medaillon optimistisch gewirkt, dass er die Medizin beschaffen könnte und dass sie Neun aus seiner Katatonie zurückholen würde. Vier wusste absolut nicht mehr, was er machen sollte. Er tigerte auf der frisch asphaltierten Straße hin und her, während das Insektensummen des

Waldes lauter wurde. Er war über sich selbst entsetzt, über das, was er hatte geschehen lassen. Er verließ sich auf die medizinische Einschätzung eines Fremden, der kein Arzt war. Der einzige Medizinmann war gekommen und wieder verschwunden und hatte Neun seinem Schicksal überlassen. Aber Medaillon hatte ein Floß der Hoffnung gebaut, und Vier hatte es mir nichts, dir nichts bestiegen.

Er dachte an den Zeitplan. Falls sie Neun heute die Medizin verabreichen konnten, bestand immerhin die Chance, dass er in ein paar Tagen stabil war. Vier hatte zeitlich noch etwas Luft, um bei ihm zu bleiben, bis er sich wieder einigermaßen erholt hatte. Dann könnte Medaillon Neun zu einem späteren Zeitpunkt in die Hauptstadt bringen, wo sie sich treffen könnten.

Am späten Nachmittag hörte Vier das hohe Jaulen von Medaillons Motorrad. Er stand auf der Straße und spähte in die Ferne. Medaillon war nicht allein. Es waren zwei Motorräder, jedes mit zwei Männern besetzt. Sie kamen auf Vier zu, fuhren in wilden Schlangenlinien, und jetzt konnte Vier die Silhouetten von Gewehren sehen, die über ihre Schultern in die Höhe ragten. Vier kam der flüchtige und irrationale Gedanke, dass Medaillons Freundlichkeit die ganze Zeit nur vorgetäuscht gewesen war, dass er von Anfang an geplant hatte, ihn und Neun umzubringen und auszurauben. Wie schon tags zuvor überlegte er, rasch seine Pistole aus dem Zelt zu holen. Er wusste, dass er das tun sollte; es war bloß eine vernünftige Vorsichtsmaßnahme. Doch jetzt waren die Motorräder nur noch zwanzig Meter entfernt, und Medaillon winkte, während Vier schutzlos dastand.

»Gute Nachrichten!«, schrie Medaillon. Seine Augen leuchteten, sein Mund ein breites jugendliches Lächeln. Hinter ihm grinste jetzt auch sein Beifahrer. Die Männer auf dem anderen Motorrad, von denen einer das Gewehr trug, waren nicht so überschwänglich. Sie alle hielten vor Vier, und die Beifahrer sprangen ab. Medaillon stellte sein Motorrad auf den Ständer, ließ sich dann von seinem Beifahrer zwei Plastiktüten reichen und hielt sie hoch über den Kopf.

»Wir waren erfolgreich«, sagte er. Er ging auf der Straße in die Hocke und leerte die Tüten. Sie enthielten große Packungen Imodium und Ibuprofen, eine Rolle Verbandsmull und Beutel mit Plasma und Infusionslösung und ein halbes Dutzend Spritzen. Außerdem Packungen Ciprofloxacin und Bactrim und ein Fläschchen Amoxicillin. »Wir haben so viel genommen, wie wir konnten, ohne dass es auffällt. Und gucken Sie mal hier«, sagte er. Einer der Männer gab ihm ein Heft, das von Klebeband zusammengehalten wurde und den Titel *Behandlung von Tropenkrankheiten* trug. »Wir haben alles, was wir brauchen«, sagte er. »Ein sehr ergiebiges Abenteuer.«

Vier bedankte sich bei allen, schüttelte jedem der Männer die Hand und hatte keine Ahnung, was als Nächstes passieren sollte. Er hätte gern gefragt, wie sie an die Sachen gekommen waren, dachte sich aber, dass sie ihm das nicht unbedingt verraten wollten.

»Okay, fangen wir an«, sagte Medaillon.

Ohne einen Blick in das gestohlene Heft zu werfen, kroch Medaillon ins Zelt, füllte eine Spritze mit Amoxicillin und gab Neun eine Injektion in den geschwollenen rechten Arm. Als die Nadel ihn stach, zuckten Neuns Augen fast unmerklich zusammen.

»Wir geben ihm in sechs Stunden noch eine Spritze«, sagte Medaillon. »Ich glaube, er wird es schaffen.«

Medaillons Männer blieben zum Abendessen. Vier servierte ihnen ein Büfett aus seinen Müsliriegeln und gefriergetrockneten Gerichten, was die Männer mit höflicher Neugier, aber ohne sichtlichen Genuss aßen. Medaillon erklärte, dass die Männer lieber namenlos bleiben wollten in Anbetracht des Diebstahls, den sie durchgeführt hatten, und Vier bedankte sich erneut bei ihnen für ihren Mut und ihre Aufopferung. Er wusste, dass er sie irgendwann würde entlohnen müssen, vertraute aber darauf, dass Medaillon die Einzelheiten aushandeln würde.

Als sie mit Essen fertig waren, erzählte Medaillon die Geschichte, wie sie sich die Medizin beschafft hatten.

»Dieser Mann da« – und er zeigte auf den kleinsten der Komplizen, einen drahtigen Mann von etwa fünfundzwanzig, dem zwei Schneidezähne in einem ansonsten hübschen Gesicht fehlten –, »sein Cousin ist der Wachmann der Krankenstation.«

Dieser Cousin hatte keinen Schlüssel zur Krankenstation, erklärte Medaillon, patrouillierte aber auf dem Gelände und bewachte das Eingangstor. Er wusste, dass die blonde Frau und ihre zwei Kollegen häufig das Gelände verließen, um in der Umgebung zu arbeiten. Sie mussten also nur warten, bis sie sich auf den Weg machten. Als sie weg waren, verständigte der Wachmann Medaillons zwei andere Männer, von denen einer sich mit Schlössern auskannte. Es gelang ihm zwar letztlich nicht, das Schloss an der Eingangstür zu knacken, aber er schaffte es, eines der Fenster aufzubrechen. Der dritte Mann konnte als Einziger die ausländischen Etiketten lesen, also kletterte er durch das offene Fenster und stellte fest, dass der Medizinschrank mit einem Vorhängeschloss gesichert war. Erneut war der Schlossknacker gefragt. Er kletterte ebenfalls durch das Fenster.

»Der Wachmann hielt die ganze Zeit Wache«, sagte Medaillon lächelnd, »aber jetzt, um uns vor der Krankenschwester zu schützen!« Als er übersetzte, was er zu Vier gesagt hatte, brachen alle vier Männer in schallendes Gelächter aus.

»Dieser Teil war sehr schwierig, und deshalb war es sehr wichtig, diesen Mann dazuhaben«, sagte Medaillon und zeigte auf den Schlossknacker. Der Mann wirkte sehr abgeklärt, von seinem Können überzeugt.

Das Vorhängeschloss am Medizinschrank war robust, sehr schwer zu knacken, erklärte Medaillon, sie wussten also, dass sie einen Bolzenschneider einsetzen mussten. Sie knackten das Schloss, und in dem Schrank fand Medaillon die entsprechenden Medikamente und die Broschüre mit den Erläuterungen zur Behandlung von Tropenkrankheiten. Er nahm vorsichtshalber nicht zu viel von jeder Arznei und ausschließlich Packungen, die hinten im Schrank lagen, damit es so aussah, als ob der Medikamentenvorrat vollständig wäre, der Schrank unangetastet.

»Aber wie haben wir dafür gesorgt, dass niemand den Einbruch in den Schrank bemerkt?«, fragte Medaillon und zog eine Augenbraue hoch. Mehr und mehr wurde Vier klar, dass Medaillon ein Anführer war, ein Entertainer, ein Mann mit großem Charme. »Das zeigt, wie schlau dieser Mann ist«, sagte Medaillon. »Er hatte mehrere Vorhängeschlösser mitgebracht und suchte dasjenige aus, das am meisten so aussah wie das, das er geknackt hatte. Dann hat er das neue Schloss an der Schranktür angebracht, es abgeschlossen und den Schlüssel im Schloss stecken lassen. Unsere Hoffnung ist, dass die Krankenschwester und ihre Kollegen glauben, einer von ihnen hätte einfach vergessen, den Schlüssel abzuziehen.«

»Aber was ist mit dem anderen Schlüssel?«, fragte Vier. »Mindestens einer vom Krankenstationspersonal hat den richtigen Schlüssel zum ursprünglichen Schloss, oder? Dem aufgebrochenen? Werden sie diesen alten Schlüssel nicht an dem neuen Schloss ausprobieren und merken, dass der nicht passt?«

»Ja, aber unser Trick wird sie lange genug verwirren«, sagte Medaillon. »Und weil es innen im Schrank so aussieht, als würde nichts fehlen, werden sie nicht alarmiert werden. Jeder andere Dieb würde den Schrank leer räumen und große Unruhe auslösen.«

Vier dachte darüber nach und musste zugeben, dass

das ganze Unterfangen so merkwürdig, raffiniert und scheinbar widersinnig war, dass die Krankenschwester und ihre Kollegen vor lauter Verwirrung nichts unternehmen würden.

»Und außerdem«, sagte Medaillon, »ist diese Frau in einem Monat weg, und jemand anderes wird sie ersetzen, und keiner wird sich mehr an diese Sache erinnern.«

Nach dem Abendessen standen die Männer auf und gingen zu ihren Motorrädern. Medaillon nahm Vier beiseite. »Diese Männer sollten belohnt werden. Was ist Ihr Plan?«

Vier hatte eine beträchtliche Summe Bargeld in der Landeswährung dabei, in der Tasche neben seinen Waffen, und er hatte ein zweites Versteck in der RS-80. Er stellte sich vor, wie er das Geld hervorholte und gleichzeitig seine Pistole an sich nahm, für den unwahrscheinlichen Fall, dass die Verhandlungen aus dem Ruder liefen. Aber er hatte keine Ahnung, wie hoch die Belohnung für so eine Aktion zu sein hatte.

»Wie viel, meinen Sie?«, fragte er.

»Diese Männer wollen kein Geld. Wie Sie wissen, ist unsere Währung nicht stabil. Die Männer interessieren sich mehr für Ihre Zelte«, sagte Medaillon. »Es ist nicht möglich, solche Zelte in unserem Land zu kaufen. Dass sie Schutz vor Moskitos bieten und dass sie sich so schnell aufbauen lassen, das finden diese Männer sehr reizvoll. Die Männer sagen, dass sie gern eins von den Zelten hätten.«

»Aber wir brauchen die Zelte«, sagte Vier. »Wir sind zu zweit und haben deshalb zwei Zelte. Und Neun ist noch immer sehr krank.«

»Aber zwei Männer passen bequem in ein Zelt«, sagte Medaillon. »Diese Männer haben ein großes Risiko auf sich genommen, um die Medizin zu beschaffen.« Er schien jetzt nicht nur für die anderen Männer zu sprechen, sondern seine eigene Meinung zum Ausdruck zu bringen.

Vier lehnte ab, bot die Hälfte von der Landeswährung an, die er im Rucksack hatte. Er wusste nicht genau, was für eine Kaufkraft das Geld hatte, aber ihm war gesagt worden, dass es ausreichen würde, um ihn und Neun für die Dauer ihrer Arbeit im Land zu verpflegen.

Medaillon ging zurück zu den Männern. Er sprach leise mit ihnen, und plötzlich wurden aufgebrachte Stimmen laut. Die Männer, die beim Essen einen so freundlichen und zurückhaltenden Eindruck gemacht hatten, waren jetzt wütend und wirkten in dem violetten Licht plötzlich bedrohlich.

Medaillon ging zurück zu Vier. »Ich fürchte, darüber kann es keine Verhandlung geben. Diese Männer finden, dass es für Sie ein sehr faires Geschäft ist. Sie haben Ihnen einen großen Dienst erwiesen, indem sie Ihrem Freund das Leben gerettet haben, und Sie wollen ihnen nicht einmal ein *Zelt* geben.« Wieder schien Medaillon vom einfachen Übersetzen abzuweichen und sah Vier mit seinen eigenen Augen an und sprach seine eigenen Gedanken aus.

In dem Schweigen, das folgte, legte Medaillon seine Hand auf Viers Schulter und sagte leise: »Es ist das Richtige.«

Und so räumte Vier sein Zelt aus und verstaute seine Sachen in dem von Neun. Er faltete das Zelt zusammen, stopfte es in die Hülle und reichte es Medaillon, der es dem Schlossknacker übergab. Alle Gefühle von Wohlwollen waren dahin.

»Eigentlich ist da noch etwas«, sagte Medaillon dann, dem es ein wenig peinlich zu sein schien, nachverhandeln zu müssen. »Diese Männer könnten vielleicht Ihr Quad finden. Falls sie das tun, würden sie es gern behalten.«

»Ich versteh nicht«, sagte Vier, obwohl er, noch während er das aussprach, sehr wohl verstand.

»Wenn Sie die Möglichkeit haben«, sagte Medaillon, »melden Sie nicht, dass es verschwunden ist. Es ist jetzt verschwunden, und es könnte sein, dass diese Männer es am Ende haben. Und wenn Sie wieder zu Hause sind, können Sie ein anderes bekommen. Klingt das fair?«

Vier starrte Medaillon in die Augen. »Ich will das alles nicht mehr«, sagte er.

»Okay«, sagte Medaillon. »Dann fahren wir.«

Die Männer stiegen auf ihre Motorräder, und Medaillon setzte sich hinten auf eines drauf. »Ich komme morgen wieder«, sagte er, und sie sausten davon.

XVI

ES WAR, als würde er neben einer Leiche schlafen. Vier war sicher, dass die Medizin bald wirken würde, und dachte sich, dass das Fieber in den frühen Morgenstunden zurückgehen würde, aber nach sechs Stunden und einer zweiten Antibiotikaspritze zeigte Neun keinerlei Anzeichen einer Besserung. Sein Atem ging noch immer unregelmäßig, und er hatte sich nicht bewegt. Vier starrte auf Neuns Rücken. Vier war erschöpft, und seine Augen waren schwer, aber er war sicher, wenn er einschlief, würde er neben einem Toten aufwachen. Es würde keinen Kampf geben, bloß ein stilles letztes Ausatmen.

Vier schlief unruhig und wurde im Morgengrauen wach. Er überprüfte Neuns Atmung, stellte fest, dass sie unstet und schwach war. Als er aus dem Zelt kroch, hatte er das Gefühl, einem gemeinsamen Grab zu entkommen.

Er stand auf, streckte sich und hörte das Jaulen von Medaillons Motorrad näher kommen. Doch als das Motorrad fast bei ihm war, sah er, dass es Cousin war, nicht Medaillon.

»Wie geht es Mann?«, fragte er, während er den Seitenständer herunterklappte.

»Unverändert«, sagte Vier. »Wo ist Ihr Cousin?«

»Frau krank«, sagte Cousin. Er kroch ins Zelt, und Vier folgte hinterdrein. Cousin legte wieder eine Hand auf Neuns Brust und horchte.

»Schlecht«, sagte Cousin. Er öffnete unsanft Neuns Augenlider und drehte seinen Kopf hin und her. »Schlecht, schlecht.«

Cousin legte wieder ein Ohr auf Neuns Brust und horchte.

»Schlecht«, sagte Cousin. »Er bleiben.«

»Ich habe Medaillon gesagt, dass ich heute weiterfahren muss«, sagte Vier. »Er hat gesagt, er würde bei Neun bleiben, bis er wieder aufstehen kann.«

»Ja«, sagte Cousin mit einem ernsten Nicken. »Ich bleiben.«

Draußen wurde das Geräusch eines weiteren Motorrads lauter, bis es in der Nähe stotternd ausging. »Mann kommen helfen, Wasser holen«, erklärte Cousin.

Im Zelt sitzend, mit dem ausgestreckt und steif daliegenden Neun neben ihnen, erörterten Vier und Cousin den Plan, den Medaillon sich ausgedacht hatte. Cousin würde bei Neun bleiben, und der neue Mann würde Essen und Wasser nach Bedarf besorgen. Medaillon würde am nächsten Abend wiederkommen und übernehmen. Sobald Neun dazu in der Lage war, würden Medaillon und Cousin ihn mit dem Tuk-Tuk die Straße hoch transportieren, um Vier einzuholen.

In der letzten Stunde hatte Vier gespürt, wie sich eine neue Ruhe seiner bemächtigte, eine Akzeptanz der Tatsache, dass Neun wahrscheinlich sterben würde. Er war zuvor resigniert und in Panik gewesen, dann voller Hoffnung, dass die Medizin wirken würde, doch jetzt, da die Medizin keinerlei Wirkung zeigte, fand er sich mit einem seltsamen inneren Frieden damit ab, dass Neun nicht mehr zu retten war. Die Arbeit fortzusetzen und in einigen Tagen die Nachricht von Neuns Tod oder Genesung zu erhalten, erschien ihm irgendwie als eine akzeptable Vorgehensweise.

»Nein«, sagte Neun. Vier war geschockt, ihn sprechen zu hören. Er hatte seit Tagen nicht mehr als ein Flüstern von sich gegeben. Jetzt waren Neuns Augen offen. Er ließ den Blick durch das Zelt gleiten, sah Cousin.

»Nein«, sagte Neun, und er hob einen Arm und griff nach Viers Gesicht, erwischte ein Ohr, das er mit erstaunlicher Kraft festhielt. Er zog es nach unten. Vier senkte den Kopf zu Neuns Mund.

»Lass mich nicht allein«, flüsterte Neun.

»Ich muss«, sagte Vier. »Wir haben zu viel Zeit verloren. Ich muss jetzt weitermachen, um den Terminplan einzuhalten. Du bist in guten Händen. Cousin ist ein anständiger Mensch. Das hat Medaillon gesagt. Wenn du wieder bei Kräften bist, bringen sie dich zu mir.«

Neuns Augen waren wild vor Angst. »Ich hab das Gefühl, ich mach es nicht mehr lange«, flüsterte er. »Irgendwas stimmt nicht mit mir. Meine Brust fühlt sich hohl und kalt an. Mein Rücken ist taub. Ich kann meine Beine nicht spüren.«

»Das ist bloß Malaria. Du hast wahrscheinlich Halluzinationen.«

»Ich hab schon mal Malaria gehabt. Das ist keine Malaria.«

»Ich kann dich nicht mitnehmen«, sagte Vier. Er wusste, dass Neun im Fieber delirierte, und dachte, dass er nur das Gespräch beenden, Neun wieder schlafen lassen müsste und dann verschwinden könnte. »Alles wird gut. Wir sehen uns morgen«, sagte Vier, und das glaubte er tatsächlich.

Jetzt bewegte sich Neuns Hand von Viers Ohr zu dessen Mund. Seine Finger fassten nach Viers Lippen und griffen in seinen Mund, seine Knöchel stießen gegen Viers Zähne. Vier wich zurück.

»Nein«, sagte Neun jetzt lauter. »Ich kann nicht hier allein in einem Zelt sterben. Nicht bei diesen Männern, die ich nicht kenne. Bitte. Bitte. Hab Erbarmen.«

»Du sprichst. Du bist jetzt stärker. Du wirst noch stärker.«

»Nein, bitte«, sagte Neun mit bebendem Mund und plötzlich feuchten Augen. »Ich bitte dich um dein Erbarmen.«

XVII

NEUN AN DIE MOTORHAUBE der RS-80 zu binden, war seine eigene Idee. Als Vier beteuerte, er könne unmöglich weiter die Straße asphaltieren und gleichzeitig Neun transportieren, ließ Neun sich etwas einfallen.

Vier verfluchte Neun, während er nach Neuns Anweisungen aus dem Zelt und den dazugehörigen Decken eine Art Bett vorne auf der Motorhaube des Fahrzeugs baute. Cousin und sein Freund halfen, Neun hochzuheben, und als sie ihn auf das stählerne Chassis der RS-80 legten, tastete Neun suchend mit den Händen, packte ihre Finger, ließ sie wieder los, bis er Viers fand. Er drückte schwach seine Hand.

»Danke«, sagte er.

Mit Spanngurten und Isolierband befestigte er Neun. Als er fertig war, trat er zurück und begutachtete mit Cousin und dessen Freund ihr Werk. Um keine unerwünschte Neugier bei Leuten zu wecken, an denen Vier vorbeikommen würde, hatten sie Neuns Gesicht vorsichtshalber verdeckt. Vier war zuversichtlich, dass jeder, der die mit Klebeband und Spanngurten verschnürte bauchige Masse sah, automatisch glauben würde, es handele sich um Ausrüstungsteile, die auf der Fronthaube transportiert wurden. In dieser Region, wo es ein alltäglicher Anblick war, dass kleine Motorräder turmhoch beladen waren, würde so eine Masse wie die, in der Neun steckte, bei niemandem Interesse wecken.

Um die Hitze abzuschwächen, die von der Maschine ausging, hatten Vier und Cousin Neuns Bett mit Palmblättern und einer Doppelschicht wasserdichte Plane isoliert. Vier startete den Motor, ließ ihn zwanzig Minuten laufen und fragte dann bei Neun nach. Er sagte, er würde keine Hitze unter sich spüren.

»Dann es kann losgehen?«, fragte Cousin.

»Es kann losgehen«, sagte Vier.

Nach einer Stunde merkte er, dass er über längere Strecken gar nicht mehr daran dachte, dass er Neun vor sich hertrug wie eine Opfergabe. Durch die Windschutzscheibe konnte er Neuns Gesicht nicht sehen, aber sie hatten in der Umhüllung eine Öffnung gelassen, durch die Neun notfalls einen Arm heben und winken konnte, falls er Hilfe brauchte.

Cousin und sein Freund übernahmen Neuns Aufgabe und sorgten meisterhaft dafür, dass die Straße frei war. Sie schienen überall zu sein, umkreisten die RS-80, preschten voraus, um die Strecke auszukundschaften, vertrieben einen Hirten und seine Ziegen, entfernten Steine und waren kurz darauf wieder zurück.

Für Vier wurde es ein unerwartet angenehmer Tag. Bei Cousin konnte er sich darauf verlassen, dass die Straße keine Mängel haben würde. Da Neun sich nicht bewegen konnte und an der Maschine festgeschnallt war, konnte er keinerlei Verzögerungen mehr verursachen.

Wenn er einen neuen Thermopod erreichte, nutzte Vier die drei Minuten, die die RS-80 zum Laden des Behälters brauchte, um nach Neun zu sehen. Beim ersten Mal schien Neun tief und fest zu schlafen. Beim zweiten Mal war er wach und bat um Wasser. Vier schämte sich, dass er nicht früher daran gedacht hatte, ihn damit zu versorgen, und stellte Neun hastig eine Wasserflasche neben den Mund, damit er nach Belieben trinken konnte.

Am späten Nachmittag rechnete Vier sich aus, dass er noch zehn Kilometer schaffen könnte, ehe es zu dunkel war, um noch etwas zu sehen. Er würde bis sieben durcharbeiten, zwei Stunden länger als sonst. Wenn er in diesem neuen Tempo weitermachte, könnte er den ursprünglichen Zeitplan in vier Tagen aufholen und die Hauptstadt pünktlich zum zugesagten Termin erreichen, rechtzeitig für die Parade.

Als Vier den letzten Pod erreichte, stellte er die Maschine ab und machte sich an die mühselige Arbeit, Neuns Bett abzubauen und im Zelt wieder aufzubauen. Neun lehnte Nahrung ab, daher aß Vier allein und legte sich neben ihn. Neuns Atmung war gleichmäßig und laut, also steckte Vier sich seine Kopfhörer in die Ohren, drückte Play und sank unaufhaltsam in einen zähflüssigen Schlaf.

XVIII

EIN LAUTER KNALL WECKTE VIER. Im dämmerigen Halbschlaf dachte er, er hätte eine Kanone gehört, doch als er sich aufsetzte, merkte er, dass da jemand von außen gegen das Zelt trat. Brüllende Stimmen erklangen ringsherum, und Fußtritte und Stockschläge prasselten auf das Zelt ein. Drinnen hörte es sich tief und wild an. Vier sah, dass Neun die Augen offen hatte und alles ganz genau mitbekam.

»Cousin?«, sagte Vier in der vagen Hoffnung, dass Cousin da war, aber sich einfach noch nicht bemerkbar gemacht hatte. Wieder trat jemand gegen das Zelt, und eine dröhnende Stimme brüllte durch das Nylon. Jetzt waren Hände am Reißverschluss des Zelteingangs. Das Schloss würde verhindern, dass der Reißverschluss aufgezogen wurde, doch Vier wusste, dass er nicht einfach im Zelt hocken und abwarten konnte.

»Pistole«, flüsterte Neun zu laut.

»Ich weiß«, flüsterte Vier. Er holte die Pistole aus seiner Bettrolle hervor und lud sie, so leise er konnte. Er versteckte sie in seinem Gürtel, öffnete das Zelt und kroch nach draußen.

Als er aufstand, sah er sich von acht Männern umstellt,

von denen er keinen kannte. Das waren nicht die roten Baretts, die er zuvor gesehen hatte. Diese Männer trugen zusammengewürfelte Uniformen, und alle waren mit altmodischen Gewehren und Pistolen bewaffnet.

»Was ist hier los?«, fragte Vier.

Der Anführer der Männer ignorierte Vier, öffnete die Zelttür und steckte den Kopf hinein. Er leuchtete mit seiner Taschenlampe herum, bis er Neun entdeckte.

Die Geschwindigkeit, mit der Vier und Neun gepackt, entwaffnet und auf die Ladefläche des Pick-ups verfrachtet wurden, war erstaunlich. Das Zelt wurde zusammengeknüllt und in die Fahrerkabine geworfen. Vier hatte den Männern begreiflich machen können, dass Neun krank war und nicht aufrecht sitzen konnte, deshalb legten sie ihn hin, während Vier neben ihm auf dem Radkasten saß. Zwei der Männer setzten sich zu ihnen auf die Ladefläche, die Gewehre träge auf Neuns ausgestreckte Gestalt gerichtet.

Der Pick-up fuhr los, die asphaltierte Straße zurück. Vier saß da, wechselte Blicke mit Neun, obwohl er sicher war, dass auch der nicht wusste, was sie machen sollten. Viers erster Eindruck war, dass es sich um eine simple Polizeiangelegenheit handelte, die mit Schmiergeld geregelt werden konnte. Aber das Verhalten der Männer Neun gegenüber hatte irgendwie persönlich entrüstet gewirkt, was vermuten ließ, dass es ihnen nicht um Geld ging. Die acht Männer verhielten sich eher wie eine wütende Bürgerwehr und nicht wie auf Lösegeld spekulierende Entführer.

Während der Fahrt durch die schwüle Nacht bot sich Vier unfreiwillig die Gelegenheit wertzuschätzen, wie erstaunlich glatt die Straße war, die er asphaltiert hatte. Er rechnete schon fast damit, dass auch einer der Männer sich irgendwie lobend darüber äußern würde, doch derlei Anerkennung blieb ihm verwehrt. Er sah zu, wie der Wald vorbeischwamm. Am Himmel waren weder Sterne noch Mond zu sehen.

Der Pick-up fuhr fast eine Stunde, ehe sich im Wald entlang der Straße eine Lücke auftat und sie auf einen Feldweg bogen, in den Regen und Überschwemmungen tiefe Furchen gegraben hatten. Der Wagen wurde heftig durchgerüttelt, und Neuns Gesicht war starr vor unterdrücktem Schmerz. Das Fahrzeug war für einen solchen Untergrund viel zu schnell unterwegs, und obwohl Neun versuchte, stoisch zu bleiben, schrie er jedes Mal unwillkürlich auf, wenn die Räder in ein Schlagloch gerieten und der Pick-up jäh absackte und schlingerte.

Sie hielten in einer kleinen Siedlung aus Backsteinbauten. Die Männer stiegen vor einem offiziell wirkenden Gebäude aus. Es war übersät mit Einschusslöchern, und eine Dachhälfte fehlte. Menschliche Silhouetten bewegten sich durch einige offenbar spärlich eingerichtete Räume. Sie holten als Erstes Neun von der Ladefläche und trugen ihn achtlos durch die Eingangstür, bogen seinen Körper um den Rahmen herum. Vier wurde hinterdreingeschubst, die Hände vor dem Körper gefesselt.

Drinnen waren weitere fünf Männer, von denen zwei

Zivilkleidung trugen. Ein junger Mann in einem grünen Tarnanzug stand in der Ecke des Raumes, und am Schreibtisch saß ein müde aussehender beleibter Mann mittleren Alters. Seine Augen hinter einer silbernen Brille waren klein und rot unterlaufen. Seine massigen Hände lagen vor ihm auf dem wackeligen Tisch. Ein Stück des vorderen linken Tischbeins fehlte und war durch einen Stapel flacher Blechbehälter ersetzt worden, die für Vier aussahen wie Tellerminen. Neun war direkt vor dem Tisch, zwischen Vier und dem Mann, auf den Boden gelegt worden.

»Ich bin hier der Kommandeur«, sagte der Mann am Schreibtisch. Seiner Uniform nach schien er ein Rebellenkommandeur zu sein, dem jetzt in Friedenszeiten rechtliche Befugnisse erteilt worden waren. Vier hatte Männer wie ihn schon auf diesem Kontinent und auf anderen gesehen. Sie hatten kein Interesse an banaler Regierungstätigkeit; wenn im Überschwang internationaler Barmherzigkeit reichlich Mittel für den Wiederaufbau ins Land flossen, ging es ihnen nur darum, genug für sich selbst abzuzapfen, um dann ins Ausland zu gehen und ihre Kinder auf Privatschulen zu schicken.

»Dem Mann da wird vorgeworfen, eine Frau aus diesem Dorf vergewaltigt zu haben«, sagte er. »Das da ist der Vater der Frau.« Der Kommandeur zeigte auf einen imposanten Mann, der hinter Vier stand. Er hatte einen riesigen Kopf, dichte schwarze Augenbrauen, die seine verängstigten Augen wie Vorberge schützten. Als er erwähnt wurde, drückte er den Rücken durch und neigte fragend den Kopf, als sollte er für ein Foto posieren, wüsste aber nicht genau, wie.

»Sir, dieser Mann ist sehr krank«, sagte Vier.

»Das sehe ich«, sagte der Kommandeur.

»Er kann im Augenblick keine Fragen beantworten«, erklärte Vier. Er wusste, dass er das Geschehen verlangsamen musste, damit es nicht im Wahn von Hektik und Nacht zu einer Gewalttat kam. »Der anstrengende Transport hierher hat ihn geschwächt. Können wir ihm nicht bis morgen früh Zeit lassen, sich auszuruhen?«

Vier beobachtete den Vater der Frau. Als der Kommandeur die Situation erklärte, war der Vater seltsam zuvorkommend, als hätte der Vorgang, dass zwei Ausländer hergebracht worden waren, die sich für die Tat verantworten sollten, und einer sogar jetzt vor ihm auf dem Boden lag, seine Erwartungen bereits übertroffen, und als könnte kein Aufschub ihm das wegnehmen, was er bereits erreicht hatte. Er nickte ernst, den Tränen nahe.

»Gut«, sagte der Kommandeur.

XIX

ALS VIER ERWACHTE, auf einem Etagenbett in einem Nebenraum, saß der Kommandeur noch genau dort, wo er zuvor gesessen hatte: an seinem Schreibtisch. Er telefonierte jetzt mit einem Handy und lachte hin und wieder. Im Türrahmen konnte Vier die Schulter eines unterernährten Wachmanns sehen, dessen Gewehr zu Boden zeigte. An der Wand unweit vom Schreibtisch des Kommandeurs war ein niedriges Fenster. Es hatte keine Scheibe, nur drei verrostete Gitterstäbe, und auf der anderen Seite standen drei Kinder in Lumpen und schauten in den Raum wie Zuschauer im Theater.

Vier kniete sich hin und sah nach Neun. Er schien zu schlafen, doch Vier legte die Finger unter seine Nasenlöcher, um auf Nummer sicher zu gehen. Als er seinen leichten Atem spürte, setzte er sich wieder aufs Bett.

Den ganzen Morgen hindurch tätigte und erhielt der Kommandeur Anrufe, und Vier folgerte, dass er seine Möglichkeiten abwog. Schließlich kam er in das Zimmer.

»Und wie finden Sie die Unterkunft?«, fragte er, und Vier dachte, es könnte ihn wirklich interessieren.

»Können wir etwas Wasser für meinen Kollegen bekommen?«, fragte Vier.

Der Kommandeur gab dem Wachmann eine Anweisung, der lustlos verschwand und dann irgendwo im Gebäude klappernd nach einer Tasse suchte. Während sie warteten, veränderte sich der Tonfall des Kommandeurs. »Wie geht es mit der Straße voran?«

»Gut«, sagte Vier und dachte dann, dass er das Projekt als Druckmittel nutzen könnte, um die wie auch immer gearteten Vorgänge im Polizeirevier zu beschleunigen. »Aber unser Zeitplan ist sehr eng. Wir müssen so bald wie möglich weitermachen. Und bei allem Respekt, aber unser Gewahrsam hier gefährdet den Fertigstellungstermin. Wir haben nur noch vier Tage bis zur Parade.«

»Parade?«, fragte der Kommandeur. »Es gibt eine Parade? Was für eine Parade?«

Vier stutzte. Er hatte angenommen, die Parade wäre ein nationales Ereignis von großer historischer Bedeutung, vergleichbar mit einer Parlamentswahl oder einer Amtseinführungszeremonie. Doch die Ahnungslosigkeit dieses Kommandeurs verunsicherte ihn.

»Zur Feier der neuen Straße«, sagte Vier. Um die Wucht dieser Offenbarung zu dämpfen, fügte er hinzu: »Zumindest wurde mir das so gesagt. Die Straße wird eröffnet und mit der Parade eingeweiht.«

Der Kommandeur fand das offenbar logisch und einleuchtend, obwohl seine angespannte Mundpartie sein Missfallen darüber verriet, keine vorherige Kenntnis davon gehabt zu haben. Der Kommandeur blickte zu den Kindern hinüber, die durchs Fenster zuschauten, und versuchte, sie mit einem wüsten Armschwung zu verscheuchen. Sie rührten sich nicht von der Stelle.

Als das Wasser kam, aschfarbene Flüssigkeit in einem dreckigen Glas, tunkte Vier einen Zipfel seines Hemdes hinein und hielt ihn Neun an die Lippen. Das Wasser zu trinken, war nicht ungefährlich, daher tat er nur so, als würde er es Neun einflößen.

»Ist Ihr Freund jetzt in der Lage zu sprechen?«, fragte der Kommandeur.

Vier blickte zu Neun hinunter, der zustimmend die Augen schloss.

»Nein, er hat seit vielen Tagen kein Wort gesprochen«, sagte Vier. »Er glaubt nicht, dass er überlebt.«

Der Kommandeur blickte überrascht und alarmiert. »Ist das wahr? Was für eine Krankheit hat er?«

»Akute Malaria. Die Medikamente haben nicht angeschlagen. Wir waren zu spät. Wir vermuten, dass er bereits an Leberversagen leidet. Seine Haut ist ganz gelb.«

»Wieso haben Sie dann nicht ein Flugzeug angefordert?«, fragte der Kommandeur und klang empört über Viers Gleichgültigkeit.

»Haben wir«, log Vier. »Die Firma hat abgelehnt.«

Der Kommandeur blinzelte mehrmals, während er die Information verarbeitete. Vier wusste, dass ein Rebellenkommandeur wie er die Logik darin erkennen würde, dass knappe Ressourcen nun mal unerbittliche Entscheidungen erforderlich machten. Die Kinder vor dem Fenster schauten aufmerksam zu.

»Er hat keine Familie«, schob Vier nach. Er hatte einen

resignierten und sachlichen Ton angenommen, als hätte er selbst das gleiche kalte Kalkül angestellt – dass Neun weder das Geld noch die Mühe wert war.

Das Geräusch eines näher kommenden Motorrads erfüllte den Raum. Der Motor wurde abgestellt, und Vier hörte laute Stimmen vor dem Gebäude. Die Kinder gingen, um nachzusehen, wer da war, und einer der Soldaten kam herein und sprach mit dem Kommandeur. Der Kommandeur, noch verblüfft und schockiert durch sein Gespräch mit Vier, stand auf und schien erleichtert, sich gedanklich ablenken zu können.

Er verließ den Raum und kam Augenblicke später zurück, dicht gefolgt von einem Mann. Es war Medaillon. Medaillons Augen glitten durch den Raum.

»Geht es Ihnen gut?«

Vier erwiderte, dass es ihnen gut gehe. Dann fiel ihm ein, dass er gesagt hatte, Neun könne nicht sprechen, und er schob nach: »Ihm geht es nicht besser. Er hat noch immer kein Wort gesprochen. Ich glaube, es ist bald vorbei.« Sie betrachteten beide Neuns graues Gesicht, und Vier und Medaillon konnten einen flüchtigen Blick wechseln, als sie sich beide wieder dem Kommandeur zuwandten.

»Sir«, sagte Medaillon. Er trat auf den Kommandeur zu und nahm leicht seine Hand. Sie gingen aus dem Raum, um sich unter vier Augen zu unterhalten, während Vier und Neun einander schweigend ansahen. Neuns Augen waren belustigt, das erste Mal seit vielen Tagen, dass Vier so ein Licht in Neuns Gesicht sah.

Als Medaillon zurückkam, allein, setzte er sich neben Vier auf das Bett. »Weil er weiß« – er zwinkerte ihm fast unmerklich zu –, »dass Neun im Sterben liegt, hat sich alles verändert. Wenn er ein gesunder Mann wäre, hätten wir eine komplizierte Situation. Es würde einen Gerichtsprozess geben, und Neun müsste ins Gefängnis. Vielleicht würde er gezwungen, die junge Frau zu heiraten. Aber in dieser Situation schlägt der Kommandeur eine Entschädigungszahlung für das Unglück der jungen Frau vor. Haben Sie Ihr Geld dabei?«

»Ja.«

»Darf ich sehen, was Sie haben?«

Vier griff in seinen Schuh und holte die gefalteten Geldscheine hervor. Sie waren nass von Schweiß, aber Medaillon achtete nicht darauf. Er nahm zwei Scheine aus dem Packen und steckte sie in die eigene Tasche. Medaillon starrte auf die übrigen Scheine. »Das wird reichen müssen«, sagte er. »Darf ich das nehmen?«

Vier erlaubte Medaillon, mit dem Geld zurück zum Kommandeur zu gehen. Gleich darauf hörte er, dass der Kommandeur laut und aggressiv verhandelte. Er war wütend über die läppische Summe, die er sich mit dem weinerlichen Vater würde teilen müssen, aber Medaillon konnte ihn schließlich beruhigen. Und dann kam er, um Vier und Neun zu holen.

»Wir sind fertig.«

XX

DER OCHSENKARREN, den Medaillon gemietet hatte, roch nach Mist und menschlichem Urin. Er brachte Vier und Neun zurück zur RS-80, während Medaillon auf seinem Motorrad nebenherfuhr.

Neun hatte die Augen fest geschlossen. Sie rollten über die Straße, die Vier asphaltiert hatte, doch die Räder des Ochsenkarrens waren grob behauen, und der Karren schwankte und wackelte.

»Es tut mir leid«, sagte Vier zu ihm.

»Das ist viel besser gelaufen, als ich erwartet hatte«, sagte Medaillon und lachte. Vier lächelte. Neun war festgenommen worden, obwohl er schwer krank war, Viers Geld war futsch, und mit ihren letzten finanziellen Mitteln hatten sie einen Ochsenkarren gemietet. Aber sie waren am Leben und frei.

»Dass der Kommandeur überhaupt mit mir verhandelt hat, war ungewöhnlich. Er gehört zum anderen Lager«, sagte Medaillon. Er schien darüber nachzudenken, wie seltsam das alles war. »Aber er hat sich bestimmt gedacht, dass Sie Geld haben und es bereitwillig ausgeben würden, um Ihren Kollegen freizubekommen.« Wieder stockte er, als würde er das Geschehene im Nachhinein analysieren. »Der Kommandeur wollte ein Geschäft machen. Ich vermute, er teilt sich den Betrag, den Sie bezahlt haben, mit dem Vater, und er wird die ganze Angelegenheit vergessen. Der Vater hingegen – ich weiß nicht. Ich fürchte um die Sicherheit seiner Tochter. Weil sie jetzt verdorben ist, könnte es sein, dass sie umgebracht wird oder sich selbst umbringt. Viele Frauen tun das.«

Als sie zurück zum Fahrzeug kamen, dämmerte der Morgen blassgrün. Cousin und zwei andere Männer standen an der Asphaltiermaschine. Die Männer halfen Neun vom Ochsenkarren, und der Ochsenkarrenfahrer fuhr auf der glänzenden schwarzen Straße Richtung Süden davon.

»Sie waren die ganze Nacht auf. Wollen Sie sich nicht erst mal ausruhen?«, sagte Medaillon zu Vier.

Aber Vier fühlte sich seltsam wach. Er wusste, dass der Zeitplan jetzt tatsächlich in Gefahr war, und er ahnte, dass es weitere Störungen geben könnte, bevor sie die Hauptstadt erreichten.

»Ich lege jetzt sofort los«, sagte er.

Er konnte keinen ganzen oder halben Tag mehr vergeuden. Er nahm sich Verpflegung mit in die Kabine. Medaillon sagte den Männern, sie sollten Neun wieder auf die Haube der Asphaltiermaschine legen. Sie bauten seine provisorische Unterlage zusammen und schnallten ihn fest.

»Ich würde heute gern mithelfen«, sagte Medaillon, »aber ich muss zu meiner Frau. Cousin wird heute für Sie die Straße freiräumen. Ich sehe Sie in der Hauptstadt. Ich bringe meine Frau im Tuk-Tuk hin. Wenn Sie oben im

Imperial-Hotel sind, halten Sie nach uns Ausschau. Das Tuk-Tuk hat ein leuchtend gelbes Dach. Das sind wir.«

Vier startete die RS-80, und der Motor ließ das Fahrzeug vibrieren. Vier sah, wie Neun auf der Haube eine Hand aus dem Sarkophag streckte. Neun drehte das Handgelenk langsam, eine fast königliche Geste. Er war bereit.

Vier ließ die Maschine anrollen.

Nach einer Stunde sah er ein silbrig glänzendes Dach aus Wellblech. Das Gebäude war um einiges größer als jedes andere, dass er seit seiner Ankunft gesehen hatte, und solche Dächer waren selten in diesem Land. Er nahm an, dass das Gebäude von finanzstarken Leuten neu errichtet worden war. Und tatsächlich, als er näher kam, sah er, dass es einer Nichtregierungsorganisation gehörte, von der er noch nie gehört hatte. Während die RS-80 langsam daran vorbeifuhr, sah er Mitarbeiter das Gebäude betreten und verlassen. Ein Mann in einem kakifarbenen Anzug kam heraus, stieg in einen glänzenden weißen Range Rover und fuhr, ohne von Vier Notiz zu nehmen, die Böschung hoch und auf dem frisch asphaltierten Highway gen Süden, als wäre der seit Jahren und nicht erst seit Minuten fertig.

Die Siedlungen wurden dichter und moderner. In der Luft waren mehr Flugzeuge und Hubschrauber unterwegs, und der Verkehr auf der Straße war chaotischer. Fahrzeuge kamen aus allen Richtungen und benutzten die Straße hinter und vor ihm ohne Rücksicht auf die laufende Arbeit. Weniger Bäume sprenkelten die Landschaft, und von Feuerstätten in Wohnhäusern und Geschäften ringelten sich weiße Rauchfahnen in den azurblauen Himmel. Passanten winkten Vier zu, und er winkte manchmal zurück. Er war erschöpft und wollte endlich fertig werden. Sein Bildschirm zeigte an, dass er noch zwei Pods vor sich hatte. Als er den nächsten erreichte, nutzte er die drei Minuten, während die RS-80 den Pod auflud, um die Augen zu schließen. Sofort wurde er vom Schlaf übermannt.

Er erwachte durch den Signalton, der ihm verriet, dass der Pod an Ort und Stelle war. Er öffnete die Augen und sah ein Trio von Frauen in bunten Kleidern am Fenster. Sie hatten einen Korb dabei und zeigten erst darauf und dann auf Neun. Vier konnte sich nicht erklären, woher sie wussten, dass Neun da in dem Bündel steckte.

Er öffnete das Fenster. Eine der Frauen schrie eine Reihe von unverständlichen Worten. Sie hatte eine hohe Stirn und trug ein leuchtend türkisfarbenes Gewand, das bis zu den Knöcheln reichte. Wieder zeigte sie auf Neun und den Korb, in dem sie offenbar einen Mörser und Stößel hatte. Sie schrie wieder etwas, und Spucke sammelte sich um ihren angespannten Mund.

Die RS-80 war startklar. Vier lächelte und winkte den Frauen, dass sie weggehen sollten, und ließ die Maschine anfahren. Doch die Frauen verschwanden nicht. Sie gingen einfach zur Seite, als würde sich Wasser teilen, und schlenderten neben dem Fahrzeug her.

Vier winkte sie erneut weg, doch sie achteten gar nicht mehr auf ihn. Stattdessen unterhielten sie sich miteinander, als würden sie erörtern, wie sie weiter vorgehen sollten. Schließlich nahm die jüngste und kleinste der Frauen, in einem orangen Kleid mit einem kürzeren Schnitt, einen Plastiklöffel aus dem Korb und füllte ihn mit einer dunklen Paste von dem Stößel.

Wieder winkte Vier sie weg, doch die Frau in Orange ließ sich nicht beirren. Sie kletterte rasch auf das Chassis der RS-80 und beugte sich über Neuns Kopf. Mit einer Hand schlug sie die Decken zurück, und sein Gesicht kam zum Vorschein. Jetzt konnte Vier sehen, dass Neun die Augen öffnete, als die Frau mit ruhiger Autorität eine Hand auf seine Stirn legte. Mit der anderen Hand hielt sie den Löffel an seinen Mund und teilte seine Lippen mit den Fingern. Die Paste verschwand im Mund, und sie schloss seine Lippen wieder, half ihm zu schlucken.

Das alles geschah so schnell, dass Vier nichts dagegen machen konnte. Irgendetwas an den bedachten Bewegungen der Frauen, der Sicherheit, mit der sie ihre Mission ausführten, hatte ihn gelähmt, hatte ihn in dem Glauben gewiegt, dass sie Bekannte von Medaillon waren, die Verpflegung oder Geschenke brachten. Jetzt hatte diese flinke junge Frau Neun irgendetwas eingeflößt und war schon wieder am Straßenrand, wo sie den anderen beiden Frauen von ihrem Erfolg berichtete. Die drei hielten nun nicht mehr Schritt mit dem Fahrzeug, sondern wandten sich ab und verschwanden zwischen den Läden entlang der Straße. Vier drehte sich zu ihnen um und sah, dass die Frau in Türkis ihm wie zum Abschied zuwinkte.

Er wandte sich wieder Neun zu, dessen Gesicht nicht

mehr zu sehen war. Die Frau in Orange hatte Neuns Lager verschoben. Viers erster Impuls war, das Fahrzeug anzuhalten, nach Neun zu sehen, das Zeug, was noch in seinem Mund war, herauszuholen, es herauszukratzen – die Maschine auszumachen und Neun zurück zu der Krankenstation zu schicken, an der sie kürzlich vorbeigekommen waren.

Doch irgendwas an der Art der Frauen, ihrem ruhigen Gebaren, ließ ihn vermuten, dass weiterarbeiten die beste und, ja, die einzige Option war. Sie hatten ihm irgendetwas Landestypisches zu essen gegeben, irgendeine Medizin, na und?, dachte er. Er wusste viel zu wenig über die Menschen dieser Region, aber ganz sicher war unter ihnen kein Trio von Mörderinnen, die am helllichten Tag Gift verabreichten.

XXI

ALS VIER DIE ASPHALTIERMASCHINE an dem Nachmittag ausschaltete, war Neun wach und lächelte. Er hatte Farbe im Gesicht, und als er Vier sah, schossen ihm Tränen in die Augen. »Mein Retter«, sagte er.

Mit einiger Mühe hievte Vier Neun von der Haube der Maschine herunter und schleifte ihn an den Straßenrand. Er fegte etwas Schotter beiseite und legte Neun so hin, dass er mit dem Gesicht die sanfte Neigung hinunterschaute. Sobald er bequem lag, packte Neun Viers Arm mit erstaunlicher Kraft.

»Mein Vorgesetzter«, sagte Neun und lächelte.

Vier ging zur RS-80, um sein Bündel zu holen. Er kam zurück und warf Neun einen Müsliriegel zu. Die Plastikverpackung schabte raschelnd über die Plastikplane, die Neun noch immer umschloss.

»Schaffen wir den Termin?«, fragte Neun.

»Morgen werden wir fertig.«

»Wo ist der Mann? Der Helfer?«

»Der kommt nach. Wenn die Straße fertig ist, bringt er seine Frau zur Behandlung ins Krankenhaus in der Stadt.«

»Dann haben wir also etwas Gutes gemacht«, sagte

Neun. »Das heißt du. Wir haben hier wirklich was geschafft. Ich stell mir immer wieder die Parade vor, und das macht mich stolz. Bist du froh?«

»Ich weiß nicht«, sagte Vier. Er hatte viel an Medaillon und dessen Frau gedacht, und wenn er sich vorstellte, dass solche Menschen in Zukunft schnell in die Hauptstadt mit ihren Verheißungen gelangen konnten, dann spürte er eine gewisse Genugtuung.

»Aber ich muss mich entschuldigen«, sagte Neun. »Ich weiß, ich hab nicht viel getan, um *Hindernisse zu beseitigen*.«

Neun schmunzelte, als wäre das zwischen ihnen beiden ein herrlicher Insiderwitz. Vier konnte nicht so tun, als hätte er Neun verziehen.

»Diese Arbeit ist nichts für dich«, sagte er.

»Ich weiß«, sagte Neun. »Das ist mir jetzt klar. Ehrlich. Ich hab dich beobachtet. Du machst einfach deine Arbeit. Du guckst nicht nach links oder rechts.«

Vier wurde gegenüber Neun weicher. »Du hast das Erste-Hilfe-Set verschenkt, nicht?«

Neun nickte fast unmerklich.

»Und das Satellitentelefon?«

Neun blickte auf seine geöffneten Hände. »Ich dachte, sie bräuchten es nötiger als wir.«

Vier blieb ungerührt. Ihn konnte nichts mehr überraschen, und das alles war jetzt egal. Die Arbeit war praktisch erledigt und er schon fast auf dem Weg nach Hause. Er stellte sich vor, wie er auf der Fähre war, an den Walrückenfelsen seines Archipels vorbeifuhr, seine

Familie sah, die an der Anlegestelle auf ihn wartete. »Ich ruh mich vor dem Abendessen ein Weilchen aus«, sagte Vier und holte seine Kopfhörer hervor.

Neun stützte sich auf einen Ellbogen. »Darf ich dich fragen, was du dir anhörst, wenn du dir die Dinger in die Ohren steckst? Selbst wenn ich nahe bei dir bin, höre ich keine Musik.«

Normalerweise würde Vier einem Fremden, und Neun war in seinen Augen ein Fremder, nicht erlauben, seine Aufnahme zu hören. Aber bald würde er dieses Land verlassen und Neun verlassen und ihn nie wiedersehen. Er gab Neun seine Kopfhörer und schaute weg.

»Hört sich an wie eine Küche«, sagte Neun, der aufmerksam lauschte. »Teller und Besteck werden gedeckt.« Vier hatte nicht damit gerechnet, dass Neun beschreiben würde, was er hörte, aber er fand es seltsam angenehm.

»Eine Kinderstimme. Das muss deine Tochter sein. Du hast eine Tochter. Du hast gesagt, du wärst nicht verheiratet. Aber klar bist du verheiratet. Klar hast du ein Kind. Das erklärt so viel. Ihre Stimme! Lustig, wie hoch die ist. Klingt wie ein Cartoon. Was sagt sie denn da immer wieder?«

Vier wusste, dass das Wort *Frühstück* war. Es war die liebste Tageszeit seiner Tochter. Sie stand immer ganz schnell auf. Wenn sie morgens die Augen aufschlug, war sie gleich hellwach, auf den Beinen, in Bewegung, als hätte sie sich all die dunklen Stunden nur schlafend gestellt.

»Jetzt ein flottes nasses Klackern«, fuhr Neun fort.

»Ich denke, da werden Eier in einer Schüssel verquirlt?« Ja, dachte Vier, genau. »Jetzt summt jemand. Eine Frau. Das muss deine Frau sein. Sie hat eine hübsche Stimme. Ist das ein Lied? Kommt mir bekannt vor.«

Vier stellte sich vor, wie seine Frau den Deckel von dem auslaufsicheren Trinkbecher seiner Tochter abnahm, den sie mit ihrer kleinen Hand halten konnte.

Neuns Augen wurden groß. »Wow. Ein lautes Klopfen. Was ist das? Hört sich an wie ein Specht.«

Sobald der Becher seiner Tochter mit ihrem Karottensaft gefüllt war, schlug sie ihn knallend auf den Tisch, wie ein ausgelassener König. Seine Frau bat sie dann immer, damit aufzuhören, und das tat sie auch, nahm prompt einen großen Schluck Saft und wischte sich den Mund mit dem Handrücken ab. Sie war ein freches und unerschrockenes Kind, dem die Verletzlichkeiten des Fleisches noch nicht bewusst gemacht worden waren.

»Jetzt brutzeln die Eier in der Pfanne«, sagte Neun. »Jetzt höre ich, dass geschnippelt wird. Irgendjemand schneidet irgendwas klein.«

Äpfel, Melone, Sellerie. Vier schnitt immer alles klein, und seine Frau arrangierte die Stücke wie die Speichen eines Rads für ihre Tochter, die dann den Trinkbecher genau in die Mitte stellte und das Bild bestaunte, als wäre sie für einen Moment von dessen wunderschöner Symmetrie überwältigt. Dann nahm sie mit einem schweren Seufzer die erste Speiche aus dem Rad und aß sie.

»Hm. Bloß Klappern von Besteck. Klimpern. Wie lange dauert die Aufnahme?«

XXII

AUF DEM LETZTEN STÜCK in die Hauptstadt zwängte Neun sich mit in die Fahrerkabine. Der Wald wich Barackenstädten, die mit den flatternden blauen Zelten der Flüchtlingslager und dann mit jahrhundertealten Steinbehausungen verschmolzen. Und schon bald unterwarfen sich all diese Siedlungen der Stadt, die selbst eine irrationale Mischung aus Alt und Modern, Glas und Eisen und Holz war.

»Guck mal«, sagte Neun.

Hinter ihnen erstreckte sich, so weit das Auge reichte, ein Strom von Menschen, die sich von Süden her über den neuen Highway auf die strahlende Stadt zubewegten. Kranke und Schwache wurden auf Ochsenkarren transportiert oder von Fahrrädern gezogen. Pick-ups waren mit Obst und Gemüse beladen. Eine Reihe von Frauen zog Handwagen voll mit Webwaren. Alle bewegten sich im Schritttempo der Asphaltiermaschine, als würden sie ehrfurchtsvoll einem Trauerzug folgen.

»Siehst du das?«, sagte Neun. »Sie warten darauf, dass wir fertig werden. Siehst du das nicht? Das ist sozusagen eine Parade vor der eigentlichen Parade. Eine Parade der Hoffnung. Eine Prozession der Sehnsucht. Sobald wir fertig sind, wird ihre Welt ins einundzwanzigste Jahrhundert katapultiert. Handel, medizinische Versorgung, Zugang zu staatlichen Dienstleistungen, Informationen, Ausbildung, Familienangehörigen, Elektrizität und dem nördlichen Hafen.«

Irgendwo dahinten waren Medaillon und seine Frau, vermutete Vier. Sie hatten keinen Treffpunkt vereinbart, um sich voneinander zu verabschieden, aber Vier hatte ihm viel zu verdanken und Neun noch mehr.

Die letzten paar Kilometer waren chaotisch. Als sie in die Stadt kamen, lösten sich einige aus dem Menschenstrom und verschwanden in den Straßen und Gassen. Es galt, Geschäfte zu machen, Leute zu treffen. Vereinzelt kam es offenbar zu Spannungen. Einige Zuschauer am Straßenrand beschimpften die Menschen aus dem Süden. Aber es war wohl nur eine Minderheit der versammelten Menge. Die Übrigen bejubelten freudig die Vollendung der Straße. Kinder spielten auf ihr, drehten sich im Kreis, rannten umher, betrachteten ihre lang gestreckten Schatten.

Am Ende der Straße warteten Fahnen und Banner, tausend Soldaten in Uniform, alle versammelt auf einem großen Platz am Rande der Stadt. Dahinter schimmerten die Glashochhäuser im Hafenviertel golden in der Nachmittagssonne. Diese Stadt war dem Ort, wo sie mit der Straße begonnen hatten, hundert Jahre voraus. Vier wusste, dass diese Lücke sich jetzt rasch schließen würde. Er hatte das öfter erlebt.

Seine Arbeit endete jäh. Die Straße hörte kurz vor

dem Stadtzentrum auf. Auffahrten würden später gebaut werden. Als er das Ende erreicht hatte, schaltete Vier die RS-80 aus und überließ sie wieder den beiden Mechanikern, die sie zwei Wochen zuvor geliefert hatten. Ein Aufgebot von Persönlichkeiten und Polizisten lotsten Vier und Neun von der Asphaltiermaschine in einen Empfangsbereich, wo sie von diversen Würdenträgern und Kommandeuren jovial, aber nicht überschwänglich begrüßt wurden. Es hieß, der Präsident würde sich vielleicht einfinden, um ihnen die Hand zu schütteln, doch schließlich wurde ihnen gesagt, er sei zu beschäftigt mit dringenden Planungen. Vier und Neun wurden gefeiert und bewirtet und am späten Abend in das Hotel namens Imperial eskortiert, wo sie benachbarte Suiten erhielten, die Aussicht auf die Stadt und die von ihnen fertiggestellte Straße boten.

Vier hätte sich müde fühlen müssen, hätte tagelang durchschlafen müssen, doch an dem Abend fand er im Kopf keine Ruhe. Er machte den Fernseher an und sah sich einen Archivbeitrag über ein Manöver der Regierungsarmee an. Er steckte seine Kopfhörer in die Ohren, legte sich ins Bett und drückte Play. Er war eingeschlafen, bevor seine Tochter anfing, ihren Becher auf den Tisch zu knallen.

XXIII

»BLEIBST DU NICHT ZUR PARADE?«, fragte Neun.

»Ich kann nicht. Ich wollte längst zu Hause sein«, sagte Vier. »Meine Familie wartet.«

»Aber wir waren doch im Zeitplan«, sagte Neun.

»Ja, aber ich hatte gedacht, wir würden früher fertig«, sagte Vier. »Bleibst du noch?«, fragte Vier.

»Ich bleibe«, sagte Neun. »Vielleicht eine Woche, bloß, um es richtig auszukosten. Hier und da ein Gratisessen abzustauben.«

Sie schauten nach unten auf die fertige Straße. Sie war makellos, so schwarz und dunkel, dass sie aussah wie ein Riss in der Erde.

»Ist ziemlich ruhig, was?«, sagte Neun. »Gestern waren zehntausend Menschen drauf.«

»Die bereiten sich jetzt auf die Parade vor, schätze ich«, sagte Vier. »Und ich bin sicher, die wollen die Straße frei haben, damit sie ohne Behinderung anfangen können.«

Als Vier am Flughafen ankam, war es auch dort seltsam ruhig. Die Firma hatte für Vier einen Platz in einem Luxusjet gebucht, und Vier musste auch nicht durch die Abfertigung und Sicherheitskontrolle. Er wurde von einem Uniformierten aufs Rollfeld gefahren und stieg nur mit dem Rucksack bepackt, den er die letzten zwei Wochen bei sich gehabt hatte, in die Maschine. Er hatte nichts erworben und nichts verloren.

An Bord befand sich bereits eine Gruppe von formell gekleideten Männern und Frauen, manche Einheimische, die Mehrheit aber Besucher wie er. Er ging unbeachtet von den anderen Passagieren den Gang hinunter. Nur ein Mann lächelte ihn an, als er an ihm vorbeikam. Vier brauchte eine Sekunde, um ihn einzuordnen. Es war der Rebellengeneral, der während der Arbeit an der Straße bei ihm aufgetaucht war. Er war jetzt in Zivil, trug aber die verspiegelte Sonnenbrille, rund und glänzend wie zwei Vollmonde, die Vier an seiner Uniform hatte hängen sehen, als der Mann mit ihm gesprochen hatte. Vier nickte ihm zu und setzte sich auf seinen Platz.

Die Maschine rollte zur Startbahn, und als sie abhob, drückten die Passagiere die Gesichter an die Fenster und schauten gebannt zu, was da unten passierte. Für eine Gruppe erfahrener Reisender führten sie sich auf wie Kinder bei ihrem ersten Flug.

Die Parade, begriff Vier. Während die Maschine eine niedrige Schleife über die Stadt flog, drängten sie sich an die Fenster, um die Parade zu sehen. Er lachte über sich, über seine Fähigkeit, zwischenzeitlich etwas zu vergessen, das er selbst erst möglich gemacht hatte. Einen Moment lang folgte die Maschine dem Verlauf der Straße, und Vier konnte sie deutlich sehen, die gerade Linie, die er zwischen Norden und Süden gezogen hatte. Tausende

Menschen aus dem Süden waren zu Fuß oder in kleinen Fahrzeugen auf dem Weg in die Hauptstadt. Sie wollten sich der Parade anschließen oder sie gebührend begrüßen, vermutete er. Plötzlich fiel ihm wieder ein, dass Medaillon gesagt hatte, er würde unter den Leuten sein, die über den neuen Highway zur Hauptstadt zogen. Er suchte nach Medaillons Tuk-Tuk mit dem gelben Dach, und schließlich war er sicher, es inmitten eines Pulks von Fußgängern und einigen Autos in matten Farben entdeckt zu haben. Er bekam feuchte Augen und lächelte bei dem Gedanken, wie einfach doch alles sein konnte, Ursache und Wirkung in einem Land wie diesem. Dann keuchte eine Passagierin vor ihm auf.

»Um Gottes willen«, sagte sie.

Vier blickte nach unten und sah eine Reihe von Lastwagen, die den großen Sammelplatz für die Parade verließen. Die Laster waren Truppentransporter und kamen aus den Fahrzeughallen rings um den Platz, sechs an der Zahl, nebeneinander, dann zwölf, in enger Anordnung. Dann ein weiteres Dutzend, gefolgt von einer Reihe Jeeps und Lastwagen mit aufmontierten Geschützen. Schließlich tauchte ein Panzergeschwader auf und folgte dem Konvoi in einem starren Verband. Soldaten zu Fuß säumten die Parade zu beiden Seiten der Straße.

Als die Prozession auf die Pilger in Richtung Hauptstadt traf, eröffneten die Soldaten das Feuer, und die Menschen wurden niedergemäht wie hohes Gras von einer Sense. Vier, in dem Flugzeug, das langsam abdrehte, konnte aus dieser Höhe nichts hören. Aber die Menschen fielen weiter, das gelbe Tuk-Tuk verharrte auf der Stelle, wurde lautlos unter Panzerketten zermalmt, und der Konvoi setzte seinen Weg ungehindert auf der makellosen Straße fort.

DANKSAGUNG

Danke: JJ, ZH, SM und alle bei Knopf. Danke: AW. Danke: JR. Danke: Em-J, AU, CS, ZS und DG. Danke: OVG, HM, KG, CM und SP. Danke: VAD und MA. Danke: UN und ACLU und MSV und IRC. Danke ohne jede Abkürzung: VV.

ÜBER DEN AUTOR

Dave Eggers ist Autor zahlreicher Bücher, darunter *Der Mönch von Mokka*; *Eure Väter, wo sind sie? Und die Propheten, leben sie ewig?*, das es auf die Shortlist für den International Dublin Literary Award schaffte; *Ein Hologramm für den König*, Finalist für den National Book Award; und *Weit Gegangen*, Finalist für den National Book Critics Circle Award und ausgezeichnet mit dem französischen Prix Médicis étranger. Er ist Gründer des Verlagshauses McSweeney's und Mitbegründer von *Voice of Witness*, einer Buchreihe, die anhand von Zeitzeugenberichten die weltweiten Gefährdungen der Menschenrechte beleuchtet. 2002 rief er als Mitbegründer 826 Valencia ins Leben, ein gemeinnütziges Schreib- und Förderzentrum für Jugendliche mit angeschlossenem Piratengeschäft und Vorbild für weltweit ähnliche Zentren. *ScholarMatch*, inzwischen zehn Jahre alt, stellt Kontakte zwischen Geldgebern und Studenten her, um möglichst vielen jungen Menschen den Zugang zu Hochschulen zu ermöglichen. 2018 war er Mitbegründer des International Congress of Youth Voices, einem globalen Treffen von Schriftstellern und Aktivisten unter zwanzig. Er ist Gewinner des Dayton Literary Peace Prize und des Muhammad Ali Humanitarian Award sowie Mitglied der American Academy of Arts and Letters.

www.internationalcongressofyouthvoices.org
www.internationalallianceofyouthwritingcenters.org
www.826national.org
www.826valencia.org
www.scholarmatch.org
www.voiceofwitness.org
www.valentinoachakdeng.org
www.mcsweeneys.net
www.daveeggers.net

Aus Verantwortung für die Umwelt hat sich der *Verlag Kiepenheuer & Witsch* zu einer nachhaltigen Buchproduktion verpflichtet. Der bewusste Umgang mit unseren Ressourcen, der Schutz unseres Klimas und der Natur gehören zu unseren obersten Unternehmenszielen.

Gemeinsam mit unseren Partnern und Lieferanten setzen wir uns für eine klimaneutrale Buchproduktion ein, die den Erwerb von Klimazertifikaten zur Kompensation des CO_2-Ausstoßes einschließt.

Weitere Informationen finden Sie unter *www.klimaneutralerverlag.de*

FSC® www.fsc.org
MIX
Papier aus verantwortungsvollen Quellen
FSC® C083411

Verlag Kiepenheuer & Witsch, FSC®-N001512

1. Auflage 2021

Titel der Originalausgabe: *The Parade*

Aus dem Englischen von Ulrike Wasel und Klaus Timmermann

Covergestaltung: Rudolf Linn, Köln, nach dem Originalumschlag von Shawn Harris für Knopf
Covermotiv: © 2019 by Shawn Harris
Gesetzt aus der Garamond No. 3
Satz: Dörlemann Satz, Lemförde
Druck und Bindung: CPI books GmbH, Leck
ISBN 978-3-462-00177-8

KiWi
DAVE EGGERS BEI DEN WILDEN KERLEN
ROMAN

KiWi
Dave Eggers
Weit Gegangen
Roman

KiWi
The Best of
McSweeney's
Dave Eggers

KiWi
DAVE EGGERS / IHR WERDET (NOCH) MERKEN, WIE SCHNELL WIR SIND / ROMAN
Alles hier drin ereignet sich nach Jacks Tod und bevor meine Mom und ich in einer brennenden Fähre im kühlen tanningefärbten Rio Guaviare im östlichen Zentral-Kolumbien ertranken, zusammen mit zweiundvierzig Eingeborenen, die wir noch nicht kennen gelernt hatten. Es war ein klarer und augenblauer Tag, so wie der erste Tag dieser Geschichte, vor einigen Jahren im Januar an der North Side von Chicago, im üppigen Schatten von Wrigley Field und mit einem Wind, der heftig und durchdringend vom ausgefransten, halb zugefrorenen See heranfegte. Ich war drinnen, schwitzte, ging von Tür zu Tür. Ich sprach mit Hand,

WIE HUNGRIG WIR DOCH SIND
DAVE EGGERS STORYS
Kiepenheuer & Witsch

KiWi
DAVE EGGERS
EIN HERZZERREISSENDES WERK VON UMWERFENDER GENIALITÄT
EINE WAHRE GESCHICHTE